U0548388

记忆书店

[韩] 郑明燮 著

宋筱茜 译

北京联合出版公司
Beijing United Publishing Co.,Ltd.

目录

1

记忆之始

他称自己“猎手”。只有彻底地把自己当成一个客体，狩猎的成功率才会更高，之前两次狩猎的失败或可归咎于此。路灯照在车子的前挡风玻璃上，他出神地望着那灯光。雨下了有一会儿了，透过雨幕，灯光如此微弱，却令他心安。察觉到有人过来，他忙看向后视镜。低矮的坡道上打过来一道手电的光。片刻后，三个女人叽叽喳喳走了过去。走在左右两侧的两个人身穿蓝色马甲，上面写着“女性护送 · 放心到家”，其中一个人打着手电。被夹在中间的女人穿了件白衬衫，戴着帽子 —— 目标出现，正在通过。手电的光刚一远去，他就立刻开门下车。他戴上手套，压低帽子，缓步跟了上去。山间坡道的一侧是山崖，另一侧的护坡筑得高高的。这是公园后山一条人迹罕至的近道，既没有监控摄像头，也没有装着行车记录仪的汽车。即使如此，以防万一，他还是又往下压了压帽子。翻过这段矮坡，就能看见公园的后门和附近的那片住宅楼。如果从地铁口出来，再从大路走上去，要花不少时间。横穿公园能少走几步路，但这里是小混混的聚集地，夜里女性独自一人是不敢从这儿过的。于是，在公交站下车，然后再走这段坡道，成了她的最佳路线。不过，这条路狭窄幽暗，没有几盏路灯，所以她经常会使用女性护送服务。恰恰是这一点，让她成了猎手的目标。她需要护送服务，就意味着没人会来接她。她独居。他翻过矮坡，远远地看见了手电的那一点微光，随即躲进了路旁的小巷里。要是以前，为了捕获猎物，他得提前踩好几次点，才能熟悉巷弄间的地形。现在只要在门户网站上看看街景地图，心里就大概有数了。巷中的住宅看起来都差不多，走过几栋楼，他横穿到巷子的另一侧。路边堆放着厨余垃圾，一只流浪猫在附近转悠，听见他的脚步声慌忙躲进了暗影里。他站在拐角处等了一会儿，手电的光和三个女人的剪影出现在他的眼前。终于，他亲眼确认了目标。他歪着头，低声自语。

“猎手请注意，狩猎时间到。”

*

“好了，请您把眼睛闭上。”

刘明愚按照化妆师的要求闭上了双眼，感觉有类似铅笔的东西轻轻划过眉毛。额前的头发被发夹给夹了上去，化妆师在他额头上扑了些大概是散粉的玩意儿。他不喜欢修剪下颌的胡须，甚至连乳液都不想涂。对他而言，让别人的手触碰自己的脸并不是一件多么愉快的事，但为了出镜，没别的办法。正自神游天外，就听见化妆师说“好了”。他睁开眼，镜中映出一张浓妆的面孔。这是张比较长的瓜子脸，皮肤洁净，粗眉和略高的颧骨令人过目难忘。微微翘起的唇角原有一道疤痕，但在化妆师的巧手下被遮盖得不见踪影。眉毛画得很浓，高耸的颧骨被遮掩在妆容之下，这样才不会在脸上形成阴影。他长舒一口气，眼含笑意地对正在帮他做发型的化妆师说："真是妙手回春，把丑八怪变成帅哥了。”

“您太谦虚了。您本来就很帅呀。”化妆师回答，笑得十分开心。刘明愚没再接话，只回了一个笑容。另一个化妆师一直在旁边看着，这时插话道:“刘教授，您看起来可真年轻。说您五十多，我看也就三十多。”

“我是人老心不老嘛。”

谈笑中，烫着一头卷发的现场导演轻轻推开了化妆室的门，探进头来提醒他:“离节目开始还有三十分钟，您化好妆就请过来吧。”

听见这话，化妆师们都加快了手上的速度。喷好发胶，刘明愚正了正自己的蓝色领带，摇着轮椅向后退了几步。化妆室本就不大，身后还有一张沙发，空间很是狭窄，但他还是熟练地操纵着轮椅掉转了方向。沙发上坐着一位也要出镜的女士，满眼惊讶地看着他。

刘明愚轻轻一笑："别看我这样，我可是最佳轮椅驾驶员哦。"

现场导演帮他拉着门，刘明愚把轮椅摇出化妆室进了楼道。他的轮椅是定制的，自重很轻，走起来速度和跟在身后的现场导演一样快。今天要录的节目是《这就是读书！电视读书会》，两人进了贴着节目名称的 17 号摄影棚。影棚的门像银行金库大门一般沉重，门后是一条长长的通道，宛如隧道。不知是不是头顶的日光灯出了毛病，通道里极为昏暗。看着眼前的情景，旧事袭上心头，刘明愚心中一惊。跟在后面的现场导演没料到他会突然停下，一脚踢在了轮椅的轮子上，吓了一跳，忙不迭地说"对不起"。听见道歉声，刘明愚如梦方醒，他向满脸担忧的现场导演说了句"不好意思"，摇着轮椅进入了笼罩在黑暗中的影棚通道，暗自咬紧了牙关。

摄影棚里如此晦暗，又如此明亮。出现在电视屏幕上的舞台部分，照明极度饱和，看不到一丝暗影。与之相反，摄像机所处的地方却是一片幽暗。工作人员众多，都在一言不发地做着自己的事。或许因为今天是现场直播，空气中的紧张气氛更加浓烈。刘明愚倒并不怎么紧张，他摇着轮椅，经由影棚角落里临时搭建的通道上了舞台。临时通道地面上的电线或以胶带固定，或以塑料布遮盖，一路上轮椅不时被绊住，或者干脆摇也摇不动。舞台上有一张半圆形的桌子，桌子后面摆着一排椅子，每张椅子上都贴着参与讨论的嘉宾名牌。刘明愚一下子就找到了自己的座位 —— 给轮椅留出的那个空位就是。节目的男女主持人原本都是新闻主播，已经在台上候场了，见他来了赶忙问好。刘明愚用眼神回了一个问候，对拿给他麦克风的现场导演说："您能再帮我拿一个坐垫吗？轮椅有点儿矮。"

现场导演把麦克风放在桌上，往摄像机那边去了。看着他的背影，刘明愚把麦别在衬衫领子上，再把线捋顺，塞进裤子后兜里。就这一会儿工夫，现场导演已经拿了坐垫回来。垫上这个坐着，他的视线就能和其他嘉宾齐平了。几台摄像机之间有一面很大的屏幕，现场导演已转去大屏幕那边，现在正戴着耳机接收导播室里制作人的指令。他比画着手势，又左右调整了一下嘉宾的位置。趁着调整的空当，刘明愚翻了翻桌子上放着的流程稿。对面屏幕下面有个提词器，但刘明愚还是更喜欢阅读纸质本熟悉流程。两个主持人也一边聊天一边看稿子。其余的几位嘉宾不是看起来十分紧张，就是在漫无目的地四下张望。这时又有工作人员过来测试麦克风，结束后做了个“OK”的手势。摄像机都调试好之后，现场导演神情紧张地举起了一只手。

“准备 —— ”

听到指令，男女主持人调整好姿势，望向面前的镜头。

现场导演喊道:“开始! ”

男女主持人同时颔首鞠躬，先后向观众问好。女主持人转向刘明愚，看着他说:“接下来为您介绍今天参与节目的嘉宾。首先是市民大学教授、文学博士，同时也是著名的古旧书收藏家 —— 刘明愚教授。最近，刘教授经常通过电视节目和网络视频，与大家分享有趣的图书故事。”

被介绍的刘明愚也点头致意:“观众朋友们，大家好，我是刘明愚。”

两个主持人介绍其他嘉宾的时候，刘明愚在心里默默梳理今天要讲的内容。节目撰稿人提前写好的稿子就放在桌上，但他没看。他平时会看看稿子，但并不会特意去背，也不会让这些内容充斥自己的头脑。节目的主撰稿人和制作人都很惊讶，说从来没见过在镜头前如此泰然自若的嘉宾。不过，今天他的头脑有点乱。并不是紧张，他只是很想知道，他准备了许久的一切，会不会按照他计划的那样发展下去。曾经试图想要忘却的面孔和名字，又浮现在脑海中。

“琉璃……”

*

目标的行动路线与猎手预计的相同。那两个穿着护送服务马甲的女人在巷子中段就折返了。估计是到了家附近，她就把悬着的心放了下来。她可能是不好意思，也可能就是不想让别人知道自己的具体住址。就算她们把她护送到家门口，他也已经想好了把她们三个一起处理掉的方法。不过，现在的情况是他只需要完全专心地狩猎这一个目标。猎手难掩兴奋，剩下的问题只是何时开始捕猎。巷子里没有监控摄像头，停车场在半地下，就算车上有行车记录仪，应该也拍不到他的脸。有备无患，他还是戴上了口罩，充满自信地接近他的猎物。女人已经到了楼前，正往自己住的楼门方向走去。猎手远远观察着她，从兜里掏出手机，拨通了电话。女人正要输入密码开楼门，却在包里翻找起手机来。少顷，就听到女人的声音问“您哪位”，他压低了声音说:“请问是李睿知女士吗?”

“是我，您是哪位？”

“警察。您现在在家吗？”

“不在，正要进家门。”

“不要开门，请在原地等待。”

“为什么？”

“我们接到报警，说有人闯入了您家中。”

电话中，对方呼吸一窒。

“真的？”

“是的。您的住址是泰成公馆 127 号，对吧？”

“对……您说有人闯入了我家？”

“我们这边也是刚刚接到报警。警车鸣笛可能打草惊蛇，我们正步行往您那边去。”

“这……您大概到哪儿了？”

“在巷子里，请您稍等片刻。”

怕对方有所察觉，他说完就挂断了手机，向泰成公馆方向走去。所幸目标并没有进去，正站在楼门前等待。听说有人闯入家中，她就不敢进去了，这与猎手的预测分毫不差。听到脚步声，女人转过了头。在她的眼中，看到的大概是一名身穿制服的警察向她走来。在网上买可能会被人抓到线索，这身警服和警察装备可是他特意跑到东庙那边买来的。猎物头上严严实实地戴着一顶白色棒球帽，看到他走过来，脸上立刻露出放下心来的表情。

“请问您是李睿知女士吗？”

听了猎手的问话，女人连忙点头。入口处有监控，猎手朝着摄像头照不到的方向走去，女人也跟着他走了过来。

“您这么快就来了？”

“我正在巡逻，接到通知就赶过来了。”

“太谢谢您了。您一个人来的？”

“警车就停在巷子口，其他同事都在车里等着。您先和我一起过去吧。”

猎手伸出左手，指了指巷口。女人顺着他手指的方向看去，他用右手掏出了放在后裤兜里的电棍。

“好。”

女人的回答很简短，脚步却有些迟疑。她沉默地看着猎手的眼睛，似乎觉察到了猎手藏在帽子下、阴影中那利刃般的目光。她本能地感受到了危险的气息，向后退了一步。但猎手已经准备完毕，露出他那名为电棍的獠牙。随着电流滋滋作响，女人连一声惨叫都来不及发出，就已应声倒地。

*

嘉宾们讨论得兴致正浓，每当镜头照到他的时候，刘明愚都会露出淡淡的微笑。终于，轮到刘明愚发言了，男主持人转向了他。

“刘教授，今天您要给大家介绍哪本旧书呢？”

刘明愚再次展露笑容，望着对面的大屏幕，现场导演已经把镜头切到了他事先提供的资料内容上。

“今天要介绍的就是现在大家看到的这本书。”

“看上去就有些年份了，这是本什么书呢？”

镜头切回那本十分古旧的书上，泛黄的封面一侧竖排写着几个汉字。

“这是我最珍贵的一本藏书。”

听了这话，女主持人问道：“说起古旧书收藏，刘教授可是我国首屈一指的专家。您眼中最珍贵的藏书，可实在太吊人胃口了。到底是一本什么样的书呢？”

“这些汉字有些模糊，可能大家看不太清楚。上面写的是‘谚简牍’，下面是‘辛酉年誊书’。”

“我还以为是‘谚简录’呢，原来是‘谚简牍’。辛酉年又是哪一年？”

“1921 年。所谓‘誊书’，是指原本的誊本。”

“如此说来，这是一本手抄本了。”

“没错。”

他回答得很简短，随即把带来的《谚简牍》展示到镜头前，书册被放大在屏幕上。

“《谚简牍》成书于朝鲜[1]后期，内容是讲如何用谚文[2]来写信。当时用谚文写作的群体主要是士大夫家庭中的女性和平民，这本书也是以他们为目标读者的。我们现在可以确定的是，《谚简牍》在19世纪后半叶就已经刊行了。不过在那之前，很可能已经有好几个版本流通在市面上。”

等刘明愚介绍完，男主持人又问：“那就是类似于咱们现在的写作指导书吧。作为旧书，它的市场行情如何？”

“根据时代和版本不同，价格会有一些差异，最贵应该不会超过100万韩元[3]吧。”

听到这个报价，两位主持人和其他嘉宾都有些忍不住笑意。刘明愚翻开了书的第一页，问女主持人：“看到这里写的汉字了吧，您知道写的是什么吗？”

尽管稿子里已经给出了正确答案，女主持人还是露出一副茫然的神情。

“是什么呀？”

“九九乘法表。这里按顺序写着汉字‘二’和‘二’，下面写的是‘四’，看到了吧？”

---

[1] 朝鲜：指李氏朝鲜（1392—1910），朝鲜后期一般指光海君时期至高宗时期，即17世纪初至20世纪初。

[2] 谚文（한글）：记录朝鲜语的表音文字，创制于15世纪朝鲜世宗时期。

[3] 根据2022年下半年汇率，1万韩元约等于52元人民币；100万韩元约等于5200元人民币。

“哇，真的欸！用汉字写的九九乘法表，好神奇哦！”

“手抄本上添加了原文没有的内容，身价会更低，这本也就值个 50 万韩元吧。”

男主持人和嘉宾们一直在听他们对话，这时都笑了起来。让他来介绍旧书，没想到他竟带来一本便宜货，这笑声里怕是掺杂了几分讥嘲。

刘明愚从容地继续说了下去：“我之所以买下它，是因为围绕着这本书发生的故事。它原本的主人是一位名叫‘赵阿难’的老奶奶。老人一辈子都生活在忠清北道的沃川，从没离开过家乡，现在已经过世了。她出生在一个一贫如洗的家庭，上不起学，只能去夜校学习。可她父亲见到女儿和陌生男人一起读书，大发雷霆，她连夜校也不能去了。”

“唉，好难啊，想读书却读不成。”女主持人一脸惋惜。

刘明愚回答道：“那个年代就是这样。夜校开在一间传统韩屋的厢房里，阿难奶奶就自己一个人在屋外，侧着耳朵去听屋里老师说话的声音。”

嘉宾们听了不约而同地叹息了一声。

“夜校老师也觉得阿难奶奶很可惜，就把这本《谚简牍》当成礼物送给了她。于是阿难奶奶站在夜校教室门外，一边听着里面传出来的讲课声，一边一页页地翻着这本书。”

刘明愚顿了一顿，缓缓为手中的《谚简牍》翻页。

“我们来看上边这一角，是不是颜色略微有些不同？这可能是用大拇指蘸唾沫翻书导致的。这是翻了多少遍，才把书都翻到变色了。遥想当年，天寒地冻，她要呵气暖着手来翻书。夏日炎炎，她热得汗如雨下，又翻过了一页。只因为在那个时代，女性是被禁止读书识字的。”

此时嘉宾和主持人都不再说话，聚精会神地听他讲故事。刘明愚放下手中的《谚简牍》，凝望着镜头的方向。他沉吟片刻，看上去似乎在压抑自己的感情：“生而为女，就无权读书，我甚至想象不出那个时代是什么样子。仅仅因为生在那样一个时代，阿难奶奶虽求知若渴，却没办法安心读书。可她并未放弃，依旧认真学习，所以我才认为它是我的藏书中最珍贵的一本。因为这本书里有那个沉重黑暗的时代，也有人们为了战胜那漫漫长夜，无论如何都要读书的执着信念。”

“唉，真是个令人难过的故事啊。”

女主持人感慨着，其他几位嘉宾也附和了一两句。等他们都说完了，男主持人说道：“所以，比起古旧书本身能用金钱来衡量的价值，刘教授，您更看重这本书承载的故事？”

“因为故事更能打动我。我还想向大家介绍另一本书。”

“那又是本什么样的书呢？我们拭目以待。”

男主持人说着过场的串词，刘明愚借着这个空当望向现场导演。只见现场导演打了个手势，一台摄像机转向了摄影棚一角。那里摆了两张拼在一起的桌子，刘明愚带来的书全都被铺开展示在桌上。主持人和嘉宾们通过大屏幕看到了这些书，满脸都是惊叹。

女主持人对刘明愚说：“这些书的封面放在一起好像马赛克装饰画啊。”

“正是如此。这是 1925 年由光文堂出版的谚文小说《洪娘子传》，一共有十二册。按照第一册到第四册、第五册到第八册、第九册到第十二册的顺序摆放好，拼出来的就是洪娘子的脸。”

“封面设计都能有这样的巧思，咱们的老前辈可真是太厉害了。”

“他们应该是想着怎么能卖出去下一本，才设计成这样的。即使续篇没什么看头，为了完成拼图，恐怕也会有人买 —— 比如我。”

刘明愚巧妙地开了个小玩笑，大家都被逗乐了。镜头在桌上摆放着的《洪娘子传》和笑着的嘉宾之间来回切换。

待大家都止住笑，刘明愚接着说：“20 世纪 20 年代是这么一个时代：三一运动[4]遭到日本的武力镇压，死伤无数，运动随之落幕，成了一段沉痛的记忆。许多仁人志士为了继续独立运动而流亡到中国的东北和上海，留下来的人只能噤若寒蝉、忍辱偷生。日本假借‘文化治理’之名，非但不给人们喘息的机会，反而用更精巧的方式来压迫人民。《洪娘子传》正是在这个压抑到窒息的至暗时刻，为人们的生活带来了一丝慰藉。”

“什么样的内容成了人们的慰藉？”男主持人问道。

刘明愚凝望着镜头说道：“这本书讲的是善良又坚忍的洪娘子如何寻找因丙子胡乱[5]而失散的父母。在忠仆‘水石头’和身份成谜的剑客‘黑水’的帮助下，她最终找到了被掳至中国的双亲，是一个冒险故事。而那个神秘的剑客‘黑水’与洪娘子，其实小时候就由双方父母定了亲。但仁祖反正[6]之后，黑水家道中落，两家从此断了来往，他便隐瞒身份前来帮助自己的未婚妻。”

“这个‘黑水’长得帅吗？”

戴着红色棒球帽的年轻男嘉宾一直漫不经心地坐在

---

[4] 三一运动：1919 年 3 月 1 日前后爆发于京城（今首尔）的政治运动。当时朝鲜半岛处于日本殖民统治之下，以朝鲜末主高宗葬礼为契机，群众举行集会、抗议等活动，要求朝鲜独立，后遭日本当局镇压。

[5] 丙子胡乱：1637 年初，清军攻入朝鲜，朝鲜国王降清，史称“丙子胡乱”。朝鲜自此断绝与明朝的宗藩关系，奉清廷为正朔。

[6] 仁祖反正：1623 年，朝鲜内部发生政变，时任国王光海君失势，后被流放到江华岛，李倧继位，为朝鲜仁祖，故称“仁祖反正”。

那儿，这时忽然插嘴问了一句。听到这个问题，摄影棚里顿时笑成一片。

刘明愚等笑声安静下来才点头道："小说里正好有对他外貌的描写，说他面如冠玉、螓首蛾眉，寻遍朝鲜八道江山都找不出一个如此美貌的男子。洪娘子被抓住快要被杀时，黑水还使了一回美男计。"

"美男计？"男主持人插口问道，看起来十分感兴趣。

刘明愚立刻回答："努尔哈赤的孙女爱新公主爱上了黑水，他就利用公主的感情，救出了洪娘子和她的父母，几人一起逃回了朝鲜。爱新公主派来武士扎卡力，两人决战之时，黑水虽然身受重伤，还是用洪娘子送他的发簪作为飞镖击败了对方，最终渡过了难关。"

"跟小说似的！嗨，这不就是小说嘛。"

红帽子男嘉宾又插了一句嘴，一脸的不以为然。在众人的笑声里，刘明愚接着说："我们可以把这个故事里的水石头和黑水看成那些独立运动家，把被抓走的父母看成那时被夺走的祖国。"

"原来要这么解释。"

"估计是为了逃过日本的审查，尽量不被抓到把柄，才想出这么个办法。不过，日本人还是察觉到了，下令销毁此书，相当一部分书都被查没了。"

"这套竟然保存了下来。"

“这套书的主人来自洪川，曾经参加过三一运动，还曾经被下过狱。严刑拷打损伤了他的身体，导致他常常卧床不起。每当此时，读一读这书，就能消解几分他的愤懑无聊，《洪娘子传》的结局也会让他开怀一笑。”

“结局是什么？”女主持人问。

刘明愚微微一笑：“洪娘子找到了父母，衣锦还乡。朝鲜国王听说了她的故事，下令杀了背叛洪娘子父母甘为走狗的仆人老吴和他的儿子。”

“结局真是大快人心啊。”

“这个结局可能是在畅想，那些被日本驱逐后流亡到中国的东北的独立运动家回国后会如何。我相信，这些书承载着这样的故事，它们的价值不能用金钱来衡量。”

“说得对。听说您收藏了大量贵重的珍稀古旧书，我还以为您要介绍价值几亿韩元的书呢。结果您带来的书都是另一种意义上的无价之宝。看了刘教授介绍的书，各位嘉宾好像都有很多话想说。朴先生，您对此有什么看法？”

姓朴的作家一直呆呆地坐在那儿神游，镜头一切到他身上，他就像被打开了开关似的，开始滔滔不绝。刘明愚趁机缓了一口气。现在节目要进入尾声了，他必须发表他的爆炸性宣言了。

*

女人遭到电击后失去了意识，瘫倒在地，猎手把她拖到了货车旁。他提前测试过几次，知道午夜时分，这里不会有人路过，这次他也没碰上任何人。他用尼龙扎带绑住了女人的手脚，又在上面严严实实地捆了几圈封箱胶带，然后用剩下的最后一点胶带封住了女人的嘴。想起之前几个猎物都是因为鼻子被封住而窒息，他小心地没封上她的鼻子。拿过猎物的手机，他坐上驾驶座，脱下警服，换上了一件平平无奇的马甲。他关掉猎物的手机，用锤子砸了个粉碎。路过一座桥的时候，他停了一会儿，把手机扔进了河里。刚才和猎物通话时，他用的是一部非法登记的手机，这时也关机一起扔了下去。这次狩猎不费吹灰之力，他不由得哼起了小曲儿。小巷里的道路要么没有监控，要么十分昏暗，猎手兜了几圈就回家了，把货车倒进车库后熄了火。他哼着歌，打开了货车后箱门。猎物依旧没有恢复意识，瘫在那里。女人身体软垂着，他把她扛在肩上，下了几步台阶，往他的那间半地下室走去。这里原是一个储藏蜂窝煤的仓库，后来被改造成了住房。他花了很长时间，下了很大功夫，才让这里脱胎换骨，成了一个只属于他的空间。窗户用砖砌死了，门也改成了从外面锁上的。隔音特意加强过，就算猎物惨叫，也泄露不出去半点声音。开门进去，出现在眼前的是他存放猎物的仓库。这里除了房间中央地板上固定着的一把椅子，别无他物。他让瘫软的猎物坐在上面，椅子上有铁链连着手铐脚镣。他铐住了她的手脚，抬起她垂着的颈子，撕去了封住她口唇的胶带。女人似乎这才有了意识，细细地呻吟起来。他缓缓转身，走到门口，打开了门侧的开关。一个开关控制的是照明，室内的灯光完全变成了红色。另一个控制的是他精心设计的装置，打开后立刻就有水流从天花板倾泻而下。女人被浇了一身冷水，恢复了神志，惨叫起来。猎手施施然关上门，来到了外间。门外就是他休息的地方。他对生活条件毫不在意，几乎没有任何日常用品。新衣服买来就穿，脏了旧了就直接扔掉。没有床，只有一张用来睡觉的床垫。他躺在床垫上歇了一会儿，兴奋感让他全身都麻酥酥的。

“完美！这就叫完美！”

他紧握拳头，在空中开心地挥舞着，突然猛地坐起身来——他忘了一件事。他享受了片刻愉悦的快感，想赶紧去洗个澡，但必须先做这件事。角落里的空桌子上放着一台电视机，刚一打开，他就看见了那张熟悉的面孔。猎手蹲在电视机前，凝视着荧幕。观察这个人是一件很有意思的事。为了能出名，他真可谓无所不用其极。上了电视，别人把他当傻子他还在笑。在谈话节目里被人无视，他也不以为意。他收获了颇高的人气，但也招来不少的黑。他们觉得他名义上是个教授，却一心都扑在了上电视上。甚至有人指责说，他全凭家里人出了那么惨的事故才当上教授，靠的是别人的同情，实力根本配不上。还有一种推测甚嚣尘上，说他在通过上电视来提高自己的知名度，目的是保住自己教授的饭碗。猎手生活的乐趣之一，就是关注刘明愚 —— 他曾经从猎手的手里死里逃生，他活着的样子就像一个小丑，看着这一切，猎手能获得无上的满足。

*

朴姓作家口若悬河、舌灿莲花，他刚一说完，女主持人立刻微笑着说“谢谢您的精彩发言”，又转向了刘明愚。

“刘教授，您提前告诉过我们，说今天要发表一段‘爆炸性的宣言’。请问您想说什么呢？”

镜头飞快地转了过来，看着自己的脸被放大在屏幕上，刘明愚唇边牵起一丝笑意。

“我想说的是，从现在开始，我要远离红尘俗世了。”

“您的意思是……您要出家了？可我听说您是信基督教的啊。”男主持人马上接了话。

刘明愚回答说其实他十五年前就不信了。他掩藏着自己的真实想法，轻笑道：“昨天我已经向学校递交了辞呈。目前在上的电视和广播节目，计划就上到这个月为止。今天可能是我最后一次上电视节目了。”

这事只有制作人和撰稿人知道，大家听了都一脸震惊。女主持人问得很直接：“所以您说您要‘远离红尘俗世’，连教授的职位都不要了……可您上节目积攒了这么高的人气，到底是什么特殊原因让您说放弃就放弃了？”

“一直以来，我就总觉得这个位置并不属于我。当然，我非常感谢大家给予我的厚爱，也感谢各位给了我这样宝贵的机会。但是节目做得越多，我内心深处的痛苦和矛盾就越来越深。深思熟虑之后，我还是决定放弃。”

女主持人露出了惋惜的表情，男主持人插话道：“您这个年龄就退隐山林，是不是有点早啊？”

“说实话，我累了。可能说出来大家也不信，我是有点社交恐惧症的。”

几个嘉宾一直在旁边观望着，这时哧哧地笑了起来，但镜头并没有给到他们。

刘明愚也笑了笑，对两位主持人说：“尽管还有很多奇妙又有趣的事，但我总感觉现在我得回到我应该在的位置上去了。有很多年轻人的资质比我好得多，更能胜任教授的职位，我也没什么可担心的。”

“那您之后想做些什么呢？”

女主持人的问题就是他等待的那个时机。也许某个人正在镜头对面看着，像是说给那个人听一样，刘明愚道:“我要开一家书店。”

“书店？倒是很适合您呢。”

“不是普通的书店，我想卖的是这些年来我收集的古旧书。”

“当真！可这些藏书您一向爱若珍宝，不都是您的命根子吗？”

“都是些身外之物，生不带来死不带去的，太沉了也带不走呀。”

刘明愚叹了口气，开了个小玩笑，两位主持人都笑了。男主持人很自然地接着说:“您是把一切都放下了啊。以后再也听不到刘教授幽默的言谈和那些有趣的书籍故事了，实乃憾事。”

“那请您来我的书店，这些要听多少有多少。我和几位开小型书店的老板聊过，他们说在顾客开门的那一瞬间，就能看出来这人会不会买书。”

“真的吗？那要怎么对待完全不想买书的顾客？”

“一进来就让他关门出去，直到他想买书了再让他进来。”

他又说了个小笑话，摄影棚再度成为欢笑的海洋。待到众人的笑声停歇下来，刘明愚的表情略微有了些变化。

“很久以前我就和女儿约定好了，回国后我们一起开一家书店。”

“是啊，您说过令爱也很喜欢书……”

女主持人的声音忽然有几分黯然。刘明愚深吸了一口气。

“似乎已经太迟了。但如果现在不开这家书店，将来在另一个世界重逢时，她可能会怪我没有遵守约定。要是她和我太太一起来怪我，我没准会被她们赶回这个世界来。”

他话中隐隐透露出妻子和女儿都已经不在人世了。刚才还笑着的嘉宾们察言观色，立刻换了一副表情。

“书店的名字定下来了吗？”

听女主持人这么问，刘明愚回答道：“我准备了好几个方案，冥思苦想良久，最后决定叫‘记忆书店’。”

“记忆书店……”

“没错。我的家人们先我一步而去，这家书店将成为我回忆她们的地方。”

两个主持人同时点了点头。戴棒球帽的年轻男嘉宾开了口：“我也能去您店里看看吗？”

“您能来，当然欢迎。不过来之前您得先做一些准备。”

“就是钱呗。”

年轻男嘉宾做了个点钞的手势，摄影棚内一时又充满了笑声。

刘明愚回以一笑："不是钱，是请您提前预约，书店将实行预约制。如果您想买书，还要请您准备好爱书的真心实意，以及与书有关的知识。您可以按照预约的时间来到店里，告诉我您为什么需要这本书，必须要说服我才行。"

"要是成功说服了您，是不是能给打个五折？"女主持人问道。

刘明愚耸了耸肩："要是成功说服了我，这本书就免费赠送。"

主持人和嘉宾齐齐惊呼出声。大家都在节目上见过好几次刘明愚对古旧书表现出的狂热执着，现在他说要免费赠书，自然十分讶异。这时，站在大屏幕旁边的现场导演打了个手势，示意节目该结束了。

两个主持人转向镜头。男主持人对着镜头说道："现在为您直播的是《这就是读书！电视读书会》第 100 期特别节目。今天的节目马上就要结束了。今后我们将一如既往地不懈努力、应对挑战，为您创造一个与书同行的美好人间。同时，也感谢各位嘉宾赏光莅临我们第 100 期特别节目的录制现场。最后，还要感谢刚刚在节目上宣布隐退的刘明愚教授。"

接着，女主持人开始说结束语，直播进入了尾声。现场导演打出手势说“停”，所有的嘉宾都长出一口气，摘掉了麦克风。刘明愚也松开衣领上的麦克风固定夹，抽出了藏在衣服里的话筒线。现场导演过来收麦克风，这时男主持人也整理好了稿子，来到刘明愚面前。

“和您一起做节目真的很有意思，以后就见不到您了。”

“能和您合作，我也很开心。现在我就是个书店老板，会一直给您加油，遥祝成功的。”

“话又说回来，您连教授的职务都辞去了，真吓了我一跳。”

“一直在红尘里打滚，实在是太久了。”

听他自我解嘲，男主持人也笑了。女主持人走过来，向他道了一声“辛苦”。刘明愚一脸轻松地谢过她，离开了摄影棚。有条不紊地筹划了十五年，现在他终于要开始做这件事了。逝去的岁月点滴历历在目，他要用自己殚精竭虑准备好的诱饵，引那个“猎手”上钩。这条通道就像十五年前的那条隧道一样幽暗，他对自己说——

“现在，该前往目的地了。”

*

听了刘明愚在电视里说的话，猎手猛地直起了身子。

“你说什么！”

此人唯利是图、贪得无厌，被人戳着脊梁骨骂为了出名不择手段，结果现在竟突然宣布要放弃一切、远离红尘！猎手一直在看着他，看他如何为成名用尽方法而寝食难安。观察刘明愚和杀人是猎手唯二的乐趣。猎手双手抱住电视机，疯狂地摇晃着、喊叫着。

“不！你为什么要退出？为什么！”

他说他要开一家卖旧书的小小书店。也就是说，再也不能在电视媒体上看到他了。看他为了出名上蹿下跳，能带给猎手仅次于杀人的快感。可他竟要夺走自己的这份快乐！猎手火冒三丈，在屋子里来回打着转儿，越想越生气。

“不可以，我说不可以！”

他还说，他会把他的藏书免费送给来到书店的人。听到这句话，猎手瞬间就明白了：这是为他设下的陷阱。

“他在让我去找他呢。”

也许会发生什么危险，比起这个，刘明愚竟敢公然挑衅他，更让他怒不可遏。

他压抑不住胸中的怒火，从抽屉里拿出手机，进了关着猎物的那间屋子。听到脚步声，女人停止了哀号。他打开灯，把天花板的水关上。女人被冷水浇透了，颤抖着哀求道:“先生，求您放我一条生路！”

猎手站在女人面前，把带来的手机放在了她的膝上。他走到她的身后,松了松手铐上的铁链。尽管手铐并没有被打开，但她的双手终于有了些许自由活动的空间。女人被他突然的行动吓到了，扭过头看他。

“给你家里打电话，问问他们能出多少钱来赎你。”

“真……真的吗?”

“别让我说第二遍。”

听猎手这么说，女人心里一下子有了希望，觉得自己能活了。她颤颤巍巍地拿起手机，急切地按着电话号码。趁着女人拨电话,猎手从她身后墙边的工具台中取出一把锤子。锤柄上装了个大锤头，极其沉重，一锤就能把猎物送上西天，他很喜欢用这件武器。第一次杀人时,他用的是一把扳手，后来还用过刀。曾经有猎物挨了刀,见血之后兴奋起来，开始激烈反抗，血溅得到处都是，擦起来很困难。于是他选择了钝器，这样不仅不会血液四溅，还能让遭受了致命伤的猎物无力反抗。躲在她后面,照着她的后脑勺重重一击,就完事了。猎手把锤子藏在背后，缓缓接近猎物。猎物带着能逃出生天的希望，正在不停地按着电话号码。猎手来到她的身后，抡起锤子就砸了下去。人们往往以为，人的头盖骨被钝器击碎的时候,听到的应该是迸裂的声音。实际上,后脑勺被钝器击中时，发出的是一种酥脆的响声，更接近于用脚踩碎饼干。重击之下，女人手里拿着的手机掉在了地上。看着溅在手机屏上的血，他弯起嘴角，无声地笑了。他给她的手机是坏的。她甚至都没发现，只想着能逃出生天，还精神恍惚地在那儿拨号呢。她的后脑勺被砸了个稀巴烂，锤头上黏稠的脑浆和血液混在一起。猎手用舌尖尝了尝味道，无论如何他都不能习惯这种咸味，五官皱作一团。他把锤子放回工具台，走过去俯视着自己扑杀的这头猎物。女人的头向前耷拉着，脸上还带着茫然疑惑的神情，像是不知道自己怎么就这么死了。一只眼睛的眼球在锤头的撞击下脱了眶，晃荡地挂在那儿。

“哎哟，用力过猛了。”

他有些自责手上失了分寸，小心翼翼地把眼球按回了眼眶里。他本想留着猎物，用生的希望折磨她几天。但刚才从电视里听到刘明愚说要隐退，他心乱如麻，为了消解胸中这口郁气，干脆把她杀了。他很懊恼，但也没办法，还是先把要做的事做了。锤子旁边放着一对钩子，他来到瘫下去的女人背后，用钩子钩住了她的肩胛。伴随着皮肉撕裂的声音，他知道钩子已经牢牢地钩进了女人的身体里。猎手把手伸向天花板，将两条铁链放了下来，挂在钩子尾端的钩环上，然后解开了女人的手铐和脚镣。尸体失去支撑，一下子向侧面倒了下去，猎手赶紧抓住了铁链，他非常不喜欢猎物身上有并非出于他本意的损伤。他拉着铁链，缓缓将尸体吊了起来。尽管受半地下室的层高限制，吊不了多高，但也能让她的双脚刚好离开地面。猎手把铁链固定结实之后，从放锤子的工具台里又拿出一把带钩的刀，划开了女人的衣服。尸体被剥掉了衣服，就像被剥去了一层皮，在灯光下缓慢地摇晃着，画出一个圆。他把划烂的衣服扔进角落里的箱子，把钩刀放回工具台，又打开抽屉，里面有一把他磨了好几天的利刃。猎手拿着刀，来到吊在钩子上的女人尸体前。他单膝点地，蹲了下来，割开了女人的两个脚后跟。鲜红的血液瞬间喷涌而出，顺着地上的排水口流走了。他向后退了几步，欣赏自己的杰作。然后打开门口的开关，水流再次从天花板喷洒下来。

“只要一天，血就都流干了。”

放净血的尸体，处理起来更轻松。从 2 号猎物起，他就开始采用这种方法，很方便，于是就沿用下来。捕获了猎物，如何处理她们是个很重要的问题。他试过几回错，还做了些实验，终于找到了最佳解决方案。一开始，他用火来焚烧尸体，但是会产生烟和气味，还曾引起过别人的怀疑。最后，他选择以锤子为武器，放血后再行处理尸体。关上灯，关好门，他回到自己的房间。要不要冲个澡？然而这并不能熄灭他胸中升腾起的怒火。他放弃了洗澡，来到角落里的保险柜前，单膝跪地，转动密码锁，打开了保险柜。里面放着几样东西，他拿出其中一件。躺在床垫上，他翻看着这本1926年的《开辟》杂志第70期。因为收录有李相和[7]的《春天也到被夺走的田野上来吗》一诗，这期杂志价格不菲。他缓缓翻动书页，看着古早的字体，内心渐渐平静下来。翻到刊登李相和诗作的那一页，他一个字一个字地读着，好像要把这些字嚼碎了吞吃入腹。父亲说，读书就得这么读。他说如果不这么认真，住在旧书里的鬼就会把你抓去吃了。说着，父亲做了个可怕的鬼脸，但这是父亲唯一不可怕的时刻。猎手想起那一刻，无声地流下了眼泪。十五年前受伤的左脚脚踝抽痛起来，但他浑不在意，只想享受阅读旧书带来的片刻欢愉。然而，心灵的某个角落依旧因为愤怒而刺痛着。那个蝼蚁一样的懦夫，为了出名使出了吃奶的劲儿，突然说要放下一切 —— 他不相信。那人甚至还得意扬扬地说要开家卖旧书的书店。他合上手里的书，直觉告诉他，十五年前的事到了该了结的时候了。他当然明白，刘明愚说要开的那家书店，是诱捕自己的陷阱。他会比任何时候都更小心地去接近他。

“你竟敢挑衅我！”

[7] 李相和（1901—1943），朝鲜诗人，新倾向派代表人物，卡普（朝鲜无产阶级文学同盟）成员。

2

十五年前

好不容易出发了，车里的争吵却还在继续。琉璃坐在后座上，不停地说她好烦不想去。妻子一言不发，以沉默表示对女儿的支持，这让刘明愚非常火大。他按捺住心头的烦躁，对妻子说：“老婆，你倒是说句话啊。”

“现在这样，你想让我说什么？”妻子像是正等着他这句话呢，没好气地回答道。

一听这话，刘明愚就皱起了眉头：“我不是说了好几遍吗？这趟我必须去。”

“不管怎么说，哪有刚一回国马上就出门的道理，你看不出琉璃现在有多累吗？”

刘明愚通过后视镜看了看瘫坐在后座上的女儿，叹了口气。所有的事情从一开始就不顺利。在巴黎戴高乐机场起飞时，飞机排查引擎故障，延误了三个小时，这是一系列倒霉事件的开始。降落在仁川时，正赶上进出港高峰。出关时赶巧碰上了一大群游客，光是从机场大厅出口挤出来就花了不少时间。人太多，他们又浪费了半天等出租车。结果，回到位于新村的家中时，已经比原计划晚了五个多小时。于是，刚放下行李，他就立刻开着那辆新买的白色索纳塔 EF 直奔富川，只为了去参加大学校长七十大寿的寿宴。本来，如果能按时到家，还可以在家小睡一会儿再去，谁知变成了这样。好在可以走这条没什么车的国道，顺利的话应该还是能赶得上。妻子却说晚都晚了就别去了，今年刚上初中的女儿琉璃也说不舒服不想去。

看她俩这态度，刘明愚不由得心头火起："刚从法国留学回来，立刻就能拿到教职，你觉得这很容易？还不是全靠校长他老人家推了我一把。他嘱咐我寿宴一定得到，要是不去，你让我的脸往哪儿搁？"

他之所以心急如焚，其实是因为他还没有被正式聘用。万一校长改了主意，想取而代之的人何止一个两个。幸而校长喜欢古旧书，他恰好与校长兴趣相投，这才千辛万苦得到了这个工作机会。他不由得暗自庆幸自己一直断断续续地把藏书当成爱好。不过，正式录用得等到他回国之后。在韩国的同事悄悄告诉他，某些被他挤掉的竞争对手，正不遗余力地想方设法要抢这个位子。每当听到这些，他都十分焦躁，但除了隐忍别无他法。所以，他出席这次寿宴，也是想在竞争对手和相关人员面前宣誓主权：新晋国文系教授，正是他刘明愚。可妻子女儿并不明白其中利害，总是拖他的后腿，实在是让他气闷。也许他心里的想法都写在了脸上，坐在副驾上的妻子叹了口气。

“当教授就那么重要吗？”

“当然重要。你以为在国外读完博士，回国后却什么工作都找不到的人很少吗？”

“你一门心思想要赶紧找到工作，究竟是为什么啊？”

妻子的语气忧心忡忡，反而激怒了刘明愚。

“为什么？还不是为了养活你和咱们的宝贝女儿！”

他刚一发飙，原本歪倒在后座上的琉璃就哭了起来。她小小年纪，去了法国，在语言不通的学校里读书，动不动就哭鼻子。为了这个，他不得不去找了学校好几次。只有见到刘明愚，琉璃才会停止哭泣。每次校方联系他，他都不得不停下手里的工作或者正在进行的会议去学校。他很不耐烦，但不得不去。想起那时的烦躁心情，刘明愚对已经开始哭泣的女儿吼道：“不许哭，你哭什么哭！”

女儿一听哭得更大声了。妻子满面愠色地说：“你干吗弄哭孩子！”

“我把她弄哭了？是她自己哭的，好不好！”

“你怎么跟孩子说话呢？”

刘明愚怒火直冲脑门，神经质地捶打着方向盘：“我是不想让你们受委屈，才想要那个教授的职位。我费了这么大劲，倒全都成了我的错！只要再忍忍就行了，怎么连这点事儿都忍不了！”

“你问过我们吗？你自己做的决定，让我们跟着来的。”

“能不能行行好！”

巴黎留学时的种种委屈瞬间爆发，刘明愚不再压抑自己的怒意。他浑身颤抖，大口喘着粗气。琉璃见状更害怕了，哭得停不下来。妻子面无表情，双手抱在胸前，像是已经无话可说，扭头望向车窗外。刘明愚刚想开口，前方出现了一条隧道，他只得集中精神开车。这是一条双向两车道的隧道，并没有任何标识指引，就这么突兀地出现，隧道内的照明也没有正常打开，幽暗非常。

“可恶！真是的，怎么这么黑！”

所有的一切都让刘明愚心烦意乱。一进隧道，就看见有辆车横在路中间，他赶紧刹车。那是一辆黑色的雷诺三星 SM5，撞在了隧道边墙上，有人正打开引擎盖检查故障。

引擎冒着滚滚黑烟。只有两条车道，这车歪歪斜斜地停在中间，都没法从边上绕过去。刘明愚长长地吐出一口气：“要了命了，今天怎么会这样？”

他发神经似的狂按喇叭，对方却毫无反应。自己被无视了，这想法更让他无名火起。刘明愚解开安全带，就要下车和人理论。妻子拦着他："老公，咱们就掉头换条路走吧。"

"掉头掉头，这就赶不上了！"

刘明愚暴怒着吼了回去。他下了车，反手关上车门。横在前方的那辆车打着双闪，他走过去，对正弯腰查看引擎的男人喊道："嘿！你车要是坏了就停在应急车道上啊，你挡在路中间干吗？"

对方一直在探身检查引擎，闻声直起了腰，望向刘明愚。那人穿着一件深色的连帽卫衣，底下是牛仔裤，头上戴着蓝色的棒球帽，黑色口罩遮住了他的面孔，只看得到一双眼睛。尽管身处黑暗的隧道中，那人眼睛却很亮，仿若点燃的灯火。

刘明愚感到了一瞬间的怯意，但自尊心不让他退缩，反而驱使他向前迈了一步。

"老兄，我这儿有急事呢，你把车往边上挪挪。"

然而，对方双手撑在开着的引擎盖边上，直勾勾地打量着刘明愚。他手上戴着那种掌心一面是红色橡胶涂层的棉线工作手套，表情和姿态就像是在让刘明愚继续说下去。

"我说，你把车往边上挪挪！这条路又不是你们家的！”

对方闻言耸了耸肩，仿佛在表示他对此无能为力。刘明愚又跨了一步，走到这人近前，推搡着他的肩膀说：“今天都怎么回事？你车要是动不了，那就叫救援！用不用我给你叫，啊？”

对方依旧没有回答，反而后退了一步，呼吸声极为粗重，他的态度就像是故意要拱起刘明愚的火来。

刘明愚一拳捶在了引擎盖上：“你现在是要和我逗闷子玩吗？可恶！”

就是在这个时候，他看到了溅在驾驶室车窗上的血迹。

“慢着，有人受伤了？”

他暗自观察车里的情况，发现后座上躺着个满头鲜血的人。刘明愚大吃一惊，一抬头，对方已趁机抡起手里的扳手，砸到了他的脑袋上。那人弯下腰来，看着刘明愚的眼睛，一边喘着粗气，一边用低沉粗粝的声音说：“再用您这张巧嘴废话试试？我的车坏了，你不是应该先问问我有什么要帮忙的吗？你这张破嘴里也没塞着抹布啊。”

说着，他从兜里掏出了一把刀。

“划烂了这张嘴，你就说不出废话了吧？”

冰冷的刀锋刚碰到面颊，刘明愚就挣扎起来。利刃划破了他的唇角，鲜血飞溅在脸上，流了下来。刘明愚不停地挣动，对方咂了咂嘴，不再用刀，而是高高举起了扳手。

“真烦人啊，真烦。”

千钧一发之际，从妻子和女儿琉璃乘坐的车那里传来了一阵喇叭声。持续不断的声响引得那人回过了头。

“嘿，我正想去处理她们呢。”

听他这么说，刘明愚猛地回过了神。

“住手！不许碰我老婆女儿！”

“哎哟哟，我知道该怎么办，我最讨厌别人对我指手画脚了。”

刘明愚伸手去抓他，对方却不耐烦似的一扳手砸在了他一条腿的膝盖上。砰的一响，骨头应该是碎了。但刘明愚吭也不吭，拼命抓住了那人。对方已经打开了后车门，顺势抓着刘明愚，把他塞进了车里。

“一会儿再来处理你们，少安毋躁。”

刘明愚被扔在后座上，惊恐地发现躺在那儿的人其实是一具尸体。他蜷着身体，看见后座地板上有个包，出于本能抓住了它。他竭尽全力想要伸手去开车门，刺耳的喇叭声一直没有停下。

“求求你们别再按了，赶紧跑啊！倒车，走别的路！”刘明愚惨呼着。

咔嗒一声，车门开了。他挣扎着推开门，身体一点点地蹭了出去。刚才后座地板上的那个包也随着他一起掉了出来。刘明愚跌落在地上，正看见那个人从妻女所乘的车里下来。

“不！”他狂喊着。

那人见刘明愚从车里逃脱出来，反手关上了车门，缓步走向他。刘明愚的头和腿都受了伤，逃也逃不了，何况他也不想抛下妻女独自逃生。他想站起来，走到他面前的那人却啧啧道：“你本该更好心些的，对吧？”

“你要干什么！”

“我呢，是一个猎手。”

“你说什么？”

“猎手不能容忍任何人挡他的路。猎手一旦露出獠牙利齿，出现在他面前的一切，都只能成为他的猎物。”

这个自称“猎手”的人眼角上扬，大概是在口罩后面笑了一下。

“那就快动手！你这个疯子！”刘明愚怒吼道。

对方“从善如流”，举起了扳手。刘明愚下意识地把刚才后座地板上的那个包当成盾牌，挡在了身前。那人却大惊失色，声音也和之前完全不一样了。

“可恶！把它放下！”

扳手并没有砸下来，那人用另一只手抓住包带，想用蛮力从刘明愚手里把它抢过来。刘明愚却死死地抱着包不肯放手。争抢中，带子被扯断了。那人一屁股摔倒在地，包上挂着的钥匙形金属挂饰也掉了下来。那人把断了的带子胡乱一扔，嘴里咒骂着，来到刘明愚跟前。

“该死的混账。”

刘明愚倒在地上，那人一把揪住他的领子，再度举起了扳手。刘明愚盯着他极度冰冷的眼睛，低语道：“你真是个疯子。”

“好像……你也是？”

那人低低地笑着回答他。扳手眼看就要砸下来了，瘫倒的刘明愚突然发难。他手里紧握着那个钥匙形金属挂饰，直刺向对方的左脚脚踝。

出其不意的一击打了对方一个措手不及。那人扔下扳手，腾地跳了起来。他从兜里掏出刀，对着刘明愚比画着。

“怎么都来给我添堵，真是的……”

他一瘸一拐地走过来，刘明愚将那个包紧紧抵在身前。对方正想避开包接近他，却听到身后传来一阵车声，不由得回头去看。不知何时，隧道口出现了一辆亮着前照灯的蓝色货车。见有人来了，那人连忙转身奔向刘明愚的车。他发动车子，朝着躺在地上的刘明愚直冲过来，要从他身上碾过去。

“不！”

刘明愚挣扎着想要躲到车后，却只来得及避开上半身，双腿还无力地拖在地上。车轮轧在腿上，碾过的瞬间，他清楚地感受到了自己的骨头和血肉是如何爆裂开来的。

“啊啊啊——”

刘明愚惨叫着，在巨大的冲击力下翻滚了几圈，始终死死抱着那个带子断了的包。汽车碾过他的双腿，径直撞上那辆引擎冒着黑烟的车。伴随着一声巨响，后者被弹开，车身剧烈晃动，差点翻了过去。刘明愚躺在那里，眼睁睁看着那人开着自己的车，消失在了黑漆漆的隧道另一头。直到黑暗吞噬了尾灯的最后一点红光，什么都看不见了，他才感觉到疼痛。被车碾碎的双腿仿佛被嵌在了路面里，一动都不能动。卡车上的人这才姗姗而来。两个男人跑下来，其中一个把手机放在耳边，四顾观察着周边情况，另一个头上戴着“新农村”字样的帽子，小心翼翼地来到他身边。

“先生，你还好吗？”

来人吓得不轻，刘明愚拼尽了力气问他：“我老婆孩子呢？她们在那辆车里！”

“那辆车？”

见对方没听懂，刘明愚指向刚才自家车的位置。

“那辆撞了我又跑了的车，我老婆孩子在那辆车里。”

“我……我不清楚……好像有什么被扔在了路边，我还以为是被车撞了……”

刘明愚猛然明白过来对方的话是什么意思，泪水夺眶而出。

“都怪我！都怪我！”

想到要是听了妻子和女儿的话，没有一意孤行，就不会发生这样的惨剧，刘明愚的精神崩溃了。他仰面朝天躺在地上，泣不成声。来人看他这副模样，也不知道该怎么办，急得直跺脚。打电话的那个人，正在描述他们现在所处的位置。

“你问在哪儿？往天安方向去的国道啊。国道，最近刚通车的，我就想走一次试试，没承想摊上这事儿，唉。”

刘明愚不停地喊着一定要抓住杀人凶手。开货车的两个人一边艰难地拖着他走，一边说：“这车要爆炸了，咱们得赶紧出去。”

很快，车子陷入了烈焰的包围，隧道里充满了浓烟。两人拖着呜咽的刘明愚，终于逃出了隧道。

刘明愚的梦通常到这里就戛然而止了。他静静睁开双眼，无言地望向亮着灯的天花板。从那天起，他极其畏惧黑暗，睡觉的时候也必须开着灯。负罪感和恐惧感让他在没有光亮的地方甚至无法呼吸。他太痛苦了。他无声地从床上起来，把身体挪到了放在床边的室内专用轮椅上。从梦中惊醒后，他习惯去冲个澡。为了方便轮椅通过，室内都改成了无障碍设计。出了卧室，他摇着轮椅走向浴室。进了浴室之后，刘明愚又换坐到一辆铝合金制的浴室专用轮椅上。他来到花洒下，控制键很低，在他的手刚好够得着的位置。他按下按钮，水流从固定在天花板上的花洒里倾泻而下。他迎着水流的冲刷，竭尽全力想忘掉那段痛苦的记忆。

救护车和警车几乎同时到达现场。看到车来了，刘明愚抱着那个救了他的命的包，失去了意识。两天后，他才在附近的医院里苏醒过来，睁眼后的第一件事就是找自己的家人。

“我老婆和琉璃呢？”

医生身穿白大褂，架着一副厚厚的玳瑁框眼镜，并没有回答，转而看向站在旁边的那位穿皮夹克的刑警。警察耳朵上别着根圆珠笔，他翻开记事本，自我介绍说他叫林志雄，然后公事公办地回答了刘明愚的问题。

“我们在现场隧道护栏附近发现了她们，两人皆因钝器击打致死。”

听到这句话，刘明愚瞬时泪如雨下。她们不停地按喇叭，才让他有了生的机会，妻子和女儿却牺牲了自己的性命。正是因为他固执己见，才走了那条路。眼下这一切与杀了他又有何异？刘明愚正自椎心泣血，警察问道：“你还记得犯罪嫌疑人的衣着和外貌特征吗？”

刘明愚紧抓着被角蜷缩起来，他又想起了那个恐怖的瞬间。警察看着刘明愚，眼神意味深长。见他还想问下去，医生赶紧说：“病人的情绪还不稳定，您明天再来调查吧。”

警察似乎有话要说，但还是遵从医生的意见点了点头。他合上记事本，把刚才拿下来的圆珠笔别回耳后，说道：“那我明天再来，好好休息。”之后大摇大摆地走出了病房。

医生展平被子，给刘明愚盖好。

“有件事……想告诉您。”

“什么事？”

医生这次依旧没有回答，而是看向了他的下半身。刘明愚这才意识到，他昏迷之前一直剧痛的双腿，现在没有任何知觉——他惊疑不定地望着医生。

“送到医院的时候已经回天乏术，失血过多，我们只能进行了截肢手术。”

刘明愚直起身子，把手伸进被子里，发现双腿膝盖以下的部分都没了。不真实的谵妄感和当时痛苦的记忆齐齐击中了他，他浑身颤抖，医生连忙让他躺下，对病房外大喊:“护士! ”

刘明愚发疯般地挣扎着，直到护士们进来把他按住。医生高喊着赶紧注射镇静剂，那声音听在他耳里，就像是一道道回声。

住院过程中经历的事，给他带来了比失去亲人更甚的伤痛。尽管有目击者，警方还是把他列为犯罪嫌疑人之一。尤其是那个穿皮夹克的林警官，听刘明愚讲到和妻子女儿吵架的事，就穷追不舍地逼问起他来，甚至进一步向他的亲朋好友打听刘明愚的夫妻关系如何。刘明愚从来探视的父亲口中听说了这事，只觉痛彻心扉。他极为愤怒，向警方提交了目击凶手行凶的证词，但只得到了冷漠的答复。凶手在杀害了他的妻子和女儿之后驾车逃走，在距离案发现场约 20 公里的小村庄里，警方发现了那辆被抢走的车。车上没有指纹，凶手就像晨雾消散一样，没有留下任何踪迹。

林警官发牢骚:“凶手就像是个幽灵，完全找不到线索。”

“那人原来的那辆车呢? ”

“我们在车后座上发现了一名已经死亡的被害人。”

“那应该是凶手之前乘坐的车，车上也没发现什么证据吗? ”

“很遗憾，起火后车辆被彻底焚毁，所有的证据都被烧光了。不过，我们查到了车里被害人的身份信息。”

“是谁？”

林警官抽出一张夹在记事本里的照片给刘明愚看。

“高正旭，男，43岁。在仁寺洞做古旧书和古玩的买卖中介，你认识他？”

刘明愚看着照片摇了摇头：“我在法国留学五年多，中间没怎么回过韩国。”

“我听说了。被害人当天上午接到一个电话后开车外出，随后被害。他被扳手击中了头部。”

林警官把照片夹回记事本里，用手比画了一下扳手打在高正旭头部的哪个位置，继续说道：“被扳手击中后，高正旭松开方向盘，车子撞上了隧道的边墙。”

“那个人为什么要杀他？”

林警官取下夹在耳朵上的圆珠笔，挠了挠头：“目前还不太清楚，不过很可能是因为钱。根据推测，当天凶手先是给他仁寺洞的办公室打了电话，两人在外面碰了面，然后一起开车到了现场，凶手估计是以交易为借口把他骗了出来。高正旭的死亡时间和你家里人的差不多。”

“凶手是连环杀人狂吗，连环杀手？”

“现在还不知道。”

“真的没有一丁点儿和凶手有关的线索吗？”

刘明愚的问题让警察有些不悦，他摇摇头："凶手就像幽灵一样消失了。我们在附近的村庄里进行了排查，没发现任何线索。那一带是荒山野岭，杳无人迹，那条路也才刚通车，没有多少车经过。"

"监控也没拍到？"

林警官皱着眉回答道："人迹罕至的荒郊野地，根本就没有监控。也许烧毁的汽车上会有指纹或者脚印，痕检科也做了彻彻底底的现场勘查，结果什么都没找到。我下次会带一些抢劫杀人前科犯的照片来，您能帮我们看看吗？"

"没用，找不到的。"

"为什么？"

"那人不像是谋财害命。"

听了这话，林警官摇了摇头："事发前一小时，高正旭的账户上提出了几百万韩元现金，但现场并没有找到那些钱。凶手为了这笔钱犯下命案后，你们的车恰巧出现，凶手临时起意行凶，应该是这样没错。"

警察的语气不容置疑。但刘明愚曾经近距离与凶手面对面，听到他自称"猎手"——真相绝非林警官推断的这样。他眉头紧锁，望着其他地方出神。

林警官摸了摸鼻子："唉，我知道你受了很大的打击，但破案这种事还是交给我们专业的来办吧。"

“你们不是毫无头绪吗？”

刘明愚的反驳让林警官长叹了一声。

“电视剧里的警察都能很快破案，实际上抓住罪犯要花很长的时间，眼下凶手无影无踪，花的时间只会更久。”

林警官的话就像在为警方开脱一样，刘明愚听了很不舒服。

“凶手可是在光天化日之下，在大马路中间，杀了三个人。这种话您怎么说得出口？”

“我们在尽最大努力侦破案件。如果知道罪犯的长相可能会快点，但是现场所有人都不记得他的脸，现在连模拟画像都做不了。”

刘明愚仔细地回忆起凶手那张掩藏在口罩和帽子下的脸。如果他摘了口罩和帽子，怕是出现在自己面前也认不出来。他记得他粗重的呼吸声，但身边有很多人也这样喘气。他记得他的眼神，但对方如果有所收敛，他也无从辨认。不过，警察的话听在刘明愚耳朵里，好像有几分嫌麻烦找都不想找的意思。接着，警察转换了话题，又开始追问起他和妻子的关系来。

医生看不下去了，借口说要进行治疗，送走了林警官。给刘明愚量过体温，医生像是想起了什么，问他：“对了，您拿到那个包了吧？”

“什么包？”

见刘明愚反问，医生“啧”了一声：“我和财务科说过了，要把包还给您啊。”

看着医生的表情，刘明愚想起来他说的是哪个包了。

“啊，您说那个包啊。”

“对，送来的时候，您怀里还紧紧抱着它呢。那个包一直由财务科保管，这就给您拿过来。”

那个满是秘密的包一小时后送到了病房。它曾经出现在凶手所乘车辆的后座地板上，不过是一个普普通通的布面公文包，除了背带断了之外，没有任何不同寻常的地方。估计是他在昏迷中都抱着不撒手，让医院误会这是他的包了。拿在手里有些分量，包里好像装着什么东西。拉开拉锁一看，里面是一本旧书。刘明愚爱好收藏古旧书，立刻就认出来了。

“《失落的珍珠》。”

这是一本诗歌选集，由生于平安北道的诗人兼翻译家、评论家金亿[8]于1924年在英国诗人亚瑟·西蒙斯[9]的诗作中选取了约60篇后整理结集而成。此书由平文馆出版，卷首还介绍了金素月[10]的诗作《金色草地》和《金

[8] 金亿（1895－？），原名金熙权，笔名岸曙、石泉等。诗人、翻译家，活跃于日本殖民统治下的朝鲜文坛，战后其日据时期经历被韩国定为“亲日反民族行为”，卒年不详。

[9] 亚瑟·西蒙斯（Arthur Symons，1865－1945），英国诗人、文学评论家。

[10] 金素月（1902－1934），原名金廷湜，著名诗人，其作品对今天的韩国/朝鲜文学都有着深远的影响。

达莱花》。刘明愚曾在旧物交易网站 kobay 上看到过这本书，但那时他还是个囊中羞涩的留学生，被想都不敢想的高价直接劝退了。

“凶手是要从我手里抢回它……”

那人本想扑过来杀死他，可一见他把这个包挡在身前，就乱了阵脚，应该是怕伤到包里的这本旧书。想通这一点，刘明愚有了结论 ——

“这是个和我一样爱书的家伙。”

虽然不知道凶手为什么要杀高正旭，但他想起来，的确听说过车里的那位被害人在仁寺洞倒卖古旧书和古玩。很明显，凶手是想抢这本书。警方都找不到的线索，他却找到了，这让他的心怦怦直跳。

“仔细检查，会发现指纹吗？”

可是，他，还有医院财务科的人，都摸过这本书，显然已经覆盖了凶手的指纹，更何况作案时凶手一直戴着手套。林警官那张看起来对逮捕真凶兴趣缺缺的脸浮现在他眼前。

“不如我自己靠这本书去抓凶手，这样还比较快。”

尽管无法确定凶手的面容或指纹，但至少可以确定一点：他是一个爱惜旧书的人。把收藏旧书当成爱好并不容易，想要放弃这个爱好却更难。就拿刘明愚自己来说，他还是个清贫留学生的时候，有了闲钱就会去参加拍卖，尽己所能地买书。他很难接受这个极度残忍的杀人狂竟和自己有着共同的爱好。刘明愚有一搭没一搭地翻着书，翻到一半却停住了。书页间夹着什么，像是蛾子。爱好藏书的人最不喜欢书里有脏东西了。这不像是无意间弄进去的，他无法理解有人会故意把书弄脏。

“所以他才会成为凶手？”

刘明愚有些茫然，陷入了沉思，听到开门的声音才回过神来。来人是个生面孔，不是随林警官进进出出查案的刑警或普通警察。刘明愚清楚地知道，现在除了亲人和警察之外，没人可以来见他，于是问道：“您是哪位？”

这陌生访客身材敦实，头发蓬乱，凑到他身边低声说：“您就是刘明愚先生吧？我是《京民日报》的记者孙奇秀。”

“记者，记者是怎么进来的？”

“世界上有一种东西叫作‘后门’嘛。”

这人笑嘻嘻地拉了把椅子过来，坐在了病床边。床头就有呼叫铃，可以一键呼叫护士站，刘明愚悄悄伸出了手。

孙奇秀说道：“我就是想来做个采访。”

“什么采访？”

“我听说，这么离谱的杀人大案，警方竟完全没有头绪。”

“他们一丁点儿线索也没找到？”

听刘明愚反问，孙奇秀点了点头：“和您实话实说吧，我甚至怀疑他们到底想不想去找线索。警方的现场调查并不可信，证据收集做得也不靠谱。”

记者语带讥讽，刘明愚听了心中升起一团恐惧，他的预感更加强烈了——也许杀害妻女的凶手会就此消失，无影无踪，再也找不到了。他摇头喃喃着：“不可以，不可以。”

孙奇秀又对他说：“警方的调查又能怎么样？据我所知，他们还把刘博士您列为嫌疑人之一呢。”

“你说什么！现场有两个目击证人，我身上不是还有伤吗？”

孙奇秀扫了一眼他藏在被子下的腿，咽了一口唾沫：“话是这么说，他们无端地把刘博士您牵扯进来，还不是因为找不到凶手？他们怀疑您是买凶杀人，为了撇清嫌疑，才故意让车把自己撞了。”

“岂有此理！我怎么会干这种事？”刘明愚怒道。

孙奇秀目光闪动：“接受调查的时候，您没感觉到什么不对劲吗？”

刘明愚瞬间就明白了记者的意思。他收回了放在呼叫铃上的手，抚弄着被角，回答道：“他们一直问我和妻子的关系怎么样。”

“为什么问这个？”

“直到出事前，我们俩的关系都很糟糕。”

“听说林警官在走访时，对您的亲朋好友说，如果妻子死了，那么凶手肯定是丈夫。”

“我也听说了，他对挺多人都这么说的。”

“唉，那您这段时间真是不好过啊。”

刘明愚长长地叹了一口气。他垂目看着手中的旧书，忽然有了一个想法。

“好在这本书给我带来了些许安慰。”

孙奇秀目光中满是好奇：“这书看起来有年头了啊。”

“这是1924年平文馆出版的诗选,《失落的珍珠》。译者金亿是金素月的老师，还在卷首以评论的形式介绍了他的诗。”

“是课本上的那个金素月吗？”孙奇秀的语气像是在说不可思议。

刘明愚翻开书，展示给他看：“当然是他。正好我手上有这本书，这段时间都在反复读它。”

孙奇秀从兜里掏出个小相机，问他：“我能给您拍张照吗？”

“没问题。”

按照记者的要求，刘明愚翻开《失落的珍珠》，装作在读书的样子。听着不断响起的快门声，他在心里默念着:“拜托了，一定要让凶手看到这篇报道。”

如果那人真的这么喜欢旧书，那么刘明愚把这本书说得像是自己的东西一样,无疑会激怒凶手。他曾经在呼吸可闻的距离面对过凶手的目光，感受过那冷酷的威逼。此刻他虽然感到一丝畏惧，但很快就冷静下来。

“得正面交手，打败他。”

这时护士走进病房，把孙奇秀赶了出去，不过他已经拍下了好几张照片。记者被护士拉着，还向刘明愚挥了挥手，让他放心。

《京民日报》上刊登了一张刘明愚躺在病床上阅读《失落的珍珠》的照片，还发了一篇相关报道。报道的核心在于，尽管疑凶另有其人，但无能的警方却在怀疑唯一的幸存者刘明愚，并以此折磨他。不仅如此，文中还写了警方如何不顾主治医生的劝阻，频繁调查耽误治疗。舆论的影响力立竿见影。这段时间从没露过面的刑警队负责人来到病房，向刘明愚道了歉。刘明愚表示没关系，拜托他们务必要抓住凶手。刑警队长说了好几遍明白明白，但刘明愚知道还是要靠自己。

“我一定要亲手抓住他。”

此后,他就开启了收藏旧书一心成名的生活。出事之后，大家都很同情他，这也帮他拿到了教授的职位。其后的十五年间，他顶着教授的名头，到处上节目混了个脸儿熟。虽然有人指指点点，说他一门心思想出名，但为了揪出那个隐藏在人间某处的凶手，他依然挣扎着这样做。已经过去很久了，可他知道——

“他一直在看着我。”

那人似乎对书有着异乎寻常的执着，这种偏好并不会随着岁月的流逝而隐藏起来或者消失。因此，刘明愚开始带着古旧书参加电视节目。有人说他就是个花架子假把式，说他身为教授却拼了老命只想上电视，各种负面评价纷至沓来，他却丝毫不以为意。他只想着，那个猎手正通过电视看着自己。只要自己不停地出现在电视节目里，那人就必定会看下去。他想利用这点为妻女报仇。他的复仇之梦已经做了太久。终于，梦想成真的时刻已近在眼前。刘明愚任花洒喷出的水流冲刷着自己，他回想着过去种种，将纠结如乱麻的往事一一捋清。他忍耐了太久。他叹了一口气，流下泪来。虽然已经过去了十五年，但就像一盏灯按下开关就会亮起来一样，只要想到那天，那些事就会无比真切地浮现在眼前，他反复咀嚼着这种痛苦。每当此时，他都会翻来覆去地想自己那天都做错了什么：如果他听了妻女的话，不去参加校长的寿宴；如果他看到前方事故后没有下车，直接换一条路走……那么妻子和女儿现在都还活着，自己的两条腿也完好无损。妻子和女儿丢了性命，全因自己犯下的错误，想到这里，刘明愚紧紧握住拳头，像打沙袋似的不停捶打着自己的头。几年前失败过一次之后，凶手已杳然无踪，但现在他设下陷阱，必定能将那人引入彀中。

“这次不会错过了。我们一定会再见面的。”

他终于被凉水浇透了，关上了花洒。耳边又回响起了十五年前听到过的那个声音，他喃喃自语着。

“猎手。”

3

记忆书店

几天后，地铁旧摆拨站附近的居民区街道上，挂起了一块招牌，上书“记忆书店”四个大字。刘明愚筹备多年，因此刚宣布退隐，书店马上就开张了。他的书店坐落在十字路口的一隅，四周小巷密如蛛网。这是栋二层的砖瓦小楼，里面原本开着电器维修部、小吃店和啤酒屋，一番大改造后，摇身一变成了书店。除了楼旁有一块能停一两辆车的空地，这座建筑看起来没有任何不同寻常之处。招牌挂好，刘明愚摇着轮椅进了书店。店面前后狭长，两侧墙边和店内各处都是顶天立地的书架，宛若一道道高墙，让这里看起来像是一座迷宫。在林立的书架上，还展示着刘明愚藏书中的精品。这些旧书被放在厚重的玻璃罩内，摆放位置也尽量避开上方灯光直射。两边靠墙的书架上也零零散散放着不少书。

跟着他进来的记者问道：“店名为什么叫‘记忆

书店'？"

刘明愚将轮椅向后一摇，转过身来面对着记者，从容答道："首先，开这家书店是为了追忆我逝去的家人。"

"您的家人是指……"

"在十五年前那场悲剧中离我而去的家人。十五年来，我无时或忘。以后，我也不会忘记她们。那时我刚回国，很快就被聘为教授，我就对她们说，等我退休了，咱们就开一家能让全家人共度时光的书店。在法国时，每到周末，我都会去巴黎塞纳河畔的莎士比亚书店看书。"

"今后您打算如何经营书店呢？"

听到这个问题，刘明愚用余光扫过店内陈列的旧书。他上电视，做讲座，出书，用挣来的钱买下了这些书。买到手之后，无论谁开多高的价，都不会再转手卖掉。他近乎贪婪地搜罗天下旧书，却突然宣布退归林下。不仅如此，他还说要卖掉藏书，自然会引来人们的关注。

刘明愚清了清嗓子，继续说道："虽说可惜，但这些本也是生不带来死不带去的。我曾经想过，是不是应该留下遗嘱让这些书随葬。可人嘛，赤条条来去无牵挂，走时也该一身轻松，对吧。我花大价钱买书，但正如我在节目上说过的，我从没想过等着升值再卖出去。"

"您真的会免费赠书吗？"

这位记者问出这个问题，自己也笑了。刘明愚做了个调皮的表情，手指轻敲："想要书的人得先说服我。只有说服我为什么他必须得到这本书，我才会免费赠送。"

"您这个想法是从何而来呢？"

"所谓古旧书，意味着它们经历了漫长的岁月。其实，大部分古旧书一开始并不昂贵也不稀缺。只是随着岁月流逝，那些书一本本地消失在时间的长河中，剩下的价格自然水涨船高了。如果我高价买下一本书，读书的时候我会战战兢兢如履薄冰，反而无法卒读。我想，这并非我们拥有一本书本来的意义所在。书就应该被一页页地翻过，一页页地读。若是因为昂贵而不敢翻动书页，这是对书的极大亵渎。书应该被阅读，应该得到读者充分的爱意，而不是被标上价值几何然后放进保险箱，又或者成为展品。"

刘明愚摊开双手说着。言毕，他观察了一下记者的反应，补充了一句："所以，如果有人认为他一定要得到某本书，那么我可以把那本书作为礼物送给他。不过，他必须先要说服我。"

"书都免费赠送的话，您的书店又要怎么维持下去呢？您现在也不上电视了。"

"这整栋楼都是我的，经营家书店不成问题。"刘明愚耸了耸肩。

记者一听也笑了起来："怪不得，原来您是坐拥房产，在食物链顶端俯视众生呢。您能介绍一下这里展示的这些书吗？”

“当然。”

刘明愚摇着轮椅，在各处高墙般的书丛间穿行，娓娓讲述着一本本书的故事。

一位记者问：“店里是您全部的藏书吗？”

“当然不是。”

“其他的藏书在哪儿呢？”

“最贵的、价值最高的藏品，其实并没有展示在店里。”

“到底是什么书，让您藏起来舍不得示人？”

记者的这个问题，让刘明愚露出了一个意味深长的微笑，他忽然开口吟诵道：

草地，草地，金色的草地
深深山川，烈火燃烧
是我爱墓前，金黄的萋草
春来时，春光未迟
在纤纤柳丝，在曳曳柳梢
春光来时，春日未迟
在山川深深，在草地金黄

记者们听得摸不着头脑，刚才提问的记者问道：“这是谁的诗？”

“金素月的《金色草地》[11]，收录这首诗的书是我最珍贵的藏品，所以没有在店里展示。”

听他这么解释，记者不由得赞叹：“真是太厉害了！您能告诉我那本书的书名吗？”

“1924 年平文馆出版的《失落的珍珠》。目前韩国只有我一个人有这本书。”

“这书现在的价格是？”

“我是二十年前花 500 万韩元买下来的，现在大概涨了得有十倍吧。”

“哇！那可真是很高了。所以您的意思是说，这本书这么贵重，不在店内展示，也就不会出售了，对吗？”

“不，如果能够说服我，为什么这本书对你很重要，我还是会赠送的。”

“赠送？您毕竟是二十年前花了 500 万真金白银买的啊。”

“书的价值本来就不能用金钱来衡量。”

“那要怎么才能说服教授您呢？”

刘明愚被记者的问题逗笑了：“我将采取预约制的方

[11] 此处《金色草地》为本书译者自译版本。

式来运营这家书店。”

“预约制？”

“如您所见，店面实在不算大，我们店里的书也不是随便进来逛逛就能买到的。”

“确实……预约制书店，我还是第一次听说。”

决定以预约制来运营书店，其实是为了找到“猎手”。因为不知道那人会以怎样的形貌出现，所以他需要一些时间来进行观察。过去的十五年间，除了为复仇做物质上的准备，刘明愚还为自己做了许多心理建设。他必须把自己锻炼得足够头脑清醒，即使杀害妻女的凶手出现在眼前，也要能够保持冷静。

刘明愚的思绪飘得有些远了。记者让他再介绍介绍其他的书，他就又开始摇着轮椅穿行于书丛中。采访结束后，记者们拍摄完书店内景的照片就告辞离开了。报道一出来，十五年前杀害亲人的凶手很快就会现身——刘明愚急切地盼望着。

*

猎手花了几天的时间才完成对死去猎物的分解。他将猎物的骨肉分割成小块，或趁夜扔在荒山野岭，或冲进下水道。至于难以处理的头部，他会先用锤子敲碎，然后一点点地将其混入垃圾中，用垃圾袋分批扔在后山。洗净碎衣上的血迹后，他会开车出去，把衣服扔进离家很远的旧衣物回收箱，或者埋在山里。新闻里播出了一则简短的独居女性失踪消息：李某某，29岁，公司职员，警方已就其失踪展开调查。猎手早已拿到了她的身份证，知道她叫李睿知，老家在昌原。仿佛要消灭她的最后一点灵魂，他打开排风扇，点燃了煤气灶。火苗将女人的身份证烧得缩成了一小团。他夹起燃烧后的残骸，扔进了垃圾桶，完成了全套流程。他很想再次享受绑架和杀戮的快感，但为了避开警方的排查，至少也要蛰伏上半年左右才行。猎手关上“工作间”的门，去冲澡前忽然想上一下网。他坐在电脑显示器前，找到了一篇有关刘明愚的报道。用鼠标点开，内容是关于他昨天才开业的书店的。他浏览着，看到报道里提及了《失落的珍珠》，顿时只觉得全身的血液都倒流了。店名“记忆书店”，刘明愚吟诵了猎手当年丢失的那本书里金素月的诗……他清楚地意识到，这些都是刘明愚想要传递给他的信息。猎手决定，接受刘明愚的挑战。

*

5号顾客。

预约时间过了大约一分钟，书店门前出现了一位客人。到访记忆书店前，顾客必须在书店主页上提前约好日期和时间。只能独自来访，除非同行者是访客的亲人。书店会将进门密码以短信的形式发送给预约申请人。这种预约制度和时间限制惹来了不少非议，但刘明愚并没有放在心上。他有自己的目的 —— 这样他就可以一个个地观察来到店里的人，找到那个猎手。通过监控，他可以看到门口那位第五个预约到店的顾客。来人戴着一顶鸭舌帽，看上去四十出头。如果十五年前遇到的猎手是二十五六岁，现在差不多该是这个年纪。不仅如此，来人的眼神也奇异地有几分熟悉之感。想到这眼神有点像当年的猎手，刘明愚不由得紧张起来。男人头戴棕色鸭舌帽，身穿深色衬衫，一边打量着周边环境，一边按下了密码。客人刚一进门，刘明愚就从柜台后面迎了出来。他摇着轮椅来到 5 号顾客面前，轻轻颔首致意。

“欢迎光临记忆书店。”

“真是太神奇了，世上还有这样的地方。”

男人脸上带着几分畏缩，小心翼翼从包里掏出名片夹。他留着连鬓络腮胡子，手也很粗糙，看起来不像是坐办公室的。果然，递过来的名片上写着“木工 金盛坤”，名片也有木头的质感。

刘明愚仔细看了看名片，说道：“失敬失敬，原来是位木艺大师。”

“哪有那么厉害，过奖了。我原来是搞 IT 的，干了好长时间，改行当木匠也就最近十年的事。”

“那您可是一百八十度大转弯啊，感觉是不是挺有意思的？”

“嗨，老婆骂孩子嫌的，收入也就原来的四分之一。”

“如此说来，咱俩倒是同病相怜呢。”

刘明愚开了个小玩笑，金盛坤也呵呵笑出了声，啧啧地嘬了嘬牙花子，还摸了一把下巴上的胡须。

等他收敛了笑容，刘明愚又问：“您想看哪本书？”

“主页上不是放了一本《朝鲜的脉搏》嘛。”

“您是说无涯梁柱东[12]先生的那本书？这边请。”

刘明愚带着客人往靠墙的书架那边走去。右侧的书架居中位置放着玻璃罩，里面展示着一本书。皂黄色的封面上，印着书名“朝鲜的脉搏”，五个字里只有“的”字是谚文，其他四个字都是汉字。封面的背景里画着象征着朝鲜的宝塔、城门、船等物。画面中纵向分布着一些独特的图案，由谚文字母抽象而来。画面中央则是一个穿裙子的女人和一个比女人身材更矮小些的男人。

刘明愚来到书架前，对跟着他过来的金盛坤说道：

[12] 梁柱东（1903—1977），号无涯，诗人，韩国文学研究者、英语文学研究者，尤以对新罗乡歌等古代歌谣的研究而著称。

“这本梁柱东先生的诗集，1932 年由平壤的文艺公论社出版。梁先生以研究朝鲜文学为人熟知，其实他还是一位诗人。这是他的第一本诗集。”

刘明愚简单介绍了两句，就让开位置，好让对方细看这本书。金盛坤来到他让开的位置，单手抚着胡须，眼睛直勾勾地盯着玻璃罩里的书。刘明愚也在一旁细细观察着金盛坤。这人身形看起来略嫌矮小，也许是职业使然，倒也足够壮硕。他的声音喑哑低沉，没有十五年前自称猎手的人那么激越，两者迥然相异。不过，漫长的时间里，也可能有这样或那样的原因导致了声音的变化。

金盛坤看了一会儿，问道：“这书的状态怎么样？”

“品相极佳。最外面的封皮没了，除此之外，几乎没有任何大的损伤。这本书收录了梁柱东先生从 1922 年 10 月起创作的诗歌作品，还有两首译诗。这本特别版，正文前的扉页上还有画家任用琏[13]的画，收藏价值更高。”

“1932 年……那就是梁先生主持《文艺公论》杂志的时候吧？当时，他还是崇实专门学校的教师。”

听他这么问，刘明愚连连点头：“没错。1928 年，时年 26 岁的梁柱东先生从早稻田大学英文系毕业，之后就

[13] 任用琏（1901—？），又名任波，画家。出生于平安南道，三一运动后前往中国，求学于中国、美国、欧洲，1930 年回到韩国后活跃于艺术界。朝鲜战争中失踪，卒年不详。

在崇实专门学校任教，1929 年创办了《文艺公论》杂志。您对梁先生了解得可真不少。”

“我老家在庆州，所以我很喜欢乡歌，自然而然就开始接触这方面的知识了。”

老家在庆州，说话却完全是首尔口音。猎手也是非常标准的首尔口音。更重要的是，他的眼神的确很像那个人，这让刘明愚移不开目光。

感受到了刘明愚的注视，金盛坤笑了一笑：“我初中一毕业就到首尔来了，在首尔住了大半辈子。”

“怪不得。您是怎么了解到有这本书的呢？”

“我对梁先生的经历很感兴趣，就查了查资料，发现他还是一位诗人，出版过诗集。我很早就知道有这么一本书了，一直在打听相关的信息。”

“我是在三年前的一场拍卖中买下的。”

金盛坤听了这话，表情有点不自在：“那场拍卖会我也去了。可惜价格实在太高，我连竞拍的资格都没有。原来是让刘教授您给拍下来了。”

“原来如此。这回您是想再试试买下这本书吗？”

“其实……”金盛坤只回答了两个字。他叹了一口气，这才又望着刘明愚说：“我现在的经济状况比那时还要糟糕。”

“那可真是太可惜了。”

“无论多么努力工作，挣的钱也有限。所以我想着，就算能看看也是好的，才来到您店里。”

他说得很平静，但能感到他的眼神始终在闪烁。这是一种很常见的眼神：他可能忐忑不安，或者有意隐瞒什么，顾左右而言他。刘明愚饶有兴味地看着他，说：“您现在还是很想得到这本书吧。”

“和您就不藏着掖着了……”金盛坤犹豫了一下，抓了抓下巴上的胡子，目光在刘明愚和《朝鲜的脉搏》之间来回扫了扫，“您不打算把这本书当成礼物送给我吗？”

这话让刘明愚有些意外，他轻笑道：“我也很珍视这本书，您为什么想让我把它送给您？”

“知识应当分享嘛。如果能得到这本书，我会努力地好好向大家介绍它，把书里的故事告诉全世界。这不就是书的本质意义所在吗？”

“书怎么读，答案因人而异，这一点我同意。但您这么随口一说，就想让我送书，我觉得多少有点唐突了吧。”

“我看报道了，您不是说可以送吗？”金盛坤双眉紧锁，面色沉了下来。

刘明愚回答道：“当然。不过我也补充了前提条件，必须要说服我才行。随口一说就让我送书，恐怕算不上‘说服’了我吧？”

他把双手搭在轮椅的扶手上，抬头望向对方。金盛坤耸了耸肩:“所有的东西都有主人。不过那并不意味着,一定要花钱才能得到一件东西。”

“花钱,买东西,拥有它——这是人类社会自古以来的传统。为了遵循这个传统,我也付出了数额不菲的钱财。”刘明愚摇动轮椅来到金盛坤身侧,和他并肩看着面前的《朝鲜的脉搏》,他补充道,“想要打破这个传统,得到的将是法律的制裁与处罚。”

“您觉得您就有资格拥有这本书吗?”

尽管对方的问题里充满威胁和挑衅,刘明愚还是从容不迫地回答了他:“我付了钱,还对旧书有深深的爱——这答案您满意吗?”

金盛坤略一思索,摇了摇头:“并不。”

“很可惜,我和您没什么可说的了。”

“请您把书给我吧!”

“要么付钱,要么说服我。二选一,满足一个条件,您就可以成为这本书的主人。”

“我这人不太会说话。我不知道怎么才能说服您。”

听了金盛坤的回答,刘明愚久久凝望着他。不知这人是在挑衅,抑或只是心直口快。但在把他打发走之前,还有太多需要观察的东西。

“不如这样……”刘明愚把轮椅向后摇了一些,给他腾出来活动的空间,“您有空儿就过来一趟吧。”

“来了以后呢？”

“和我聊聊天，慢慢说服我。怎么样？”

金盛坤抓了抓胡子，想了一会儿，点了点头：“好吧。今天冒昧前来，说话也没轻没重的，请您见谅。”

“明白，我以前也经常为有想买的旧书却囊中羞涩而苦恼。”

又说了几句客套话，金盛坤就走了。离开的时候，他身上已经没有来时的犹豫迟疑，也许是因为他的目的已经达到了，又或者是他没有继续隐藏的必要了。刘明愚默默地望着他的背影远去。

10 号顾客赵世俊刚一出现在书店门口，刘明愚就意识到这个人有许多特别之处。他在申请书里自我介绍说是一个视频博主兼作家，未免太过笼统，怕是隐瞒了不少信息。这人看起来对书没多大兴趣，还写了一句没有什么特别想看的，希望能给推荐几本。他戴着无框眼镜，身穿破洞牛仔裤，脚上是一双拖鞋，手里还举着一个手机稳定器。

刘明愚通过门禁对讲机对他说：“不是提醒过您店内禁止拍摄吗？”

“我的视频播放量可高了……”

见他还不死心，刘明愚斩钉截铁地说：“禁止拍摄。请您把手机放下来收好。”

赵世俊一脸不情愿，却只得依言从稳定器上拆下手机，揣进了兜里。刘明愚这才按下开门键，把他放进来。一进玻璃门，赵世俊就探头探脑地往里面张望。他和猎手差不多高，虽然过去了十五年，但是考虑到人成年之后不再长高，所以他也有可能是那个人。当然，他身形要大上一号，肩也更宽几分，这点不好确定。

刘明愚摇着轮椅，来到站在门口的人面前，说道：“欢迎光临记忆书店，我是刘明愚。”

“我叫赵世俊，是个作家，也是视频博主。”

“您的频道是？”

“‘作家老赵的书罪奇谈’。一直运营得挺艰难的，不过自从上次聊了‘华城连环杀人案’之后，播放量上来了一些。”

“您是推理小说作家？”

“就是什么都写呗。我对犯罪推理比较感兴趣。”

“又写作又拍视频，很辛苦吧？”

听刘明愚这么问，赵世俊意味不明地笑了笑：“老早以前书就不好卖啊。当然啦，刘教授，您的大作都卖得很好。可惜您的情况是个例外。”

刘明愚观察着赵世俊回答问题的样子。这人看起来注意力不够集中，片刻都安静不下来。目测三十出头，如果单看年龄，很可能不是猎手。但申请书上只写了他的姓名、到访目的和手机号，此外没有其他任何个人信息，仅凭外貌来判断是很难的。最可疑的是，他似乎对古旧书完全没有兴趣。但这也有可能是为了隐藏自己是猎手的事实，特意装得漠不关心。刘明愚想着，无声地观察着。赵世俊却似乎完全感受不到刘明愚的注视，仿佛等得不耐烦了，他用手搓了搓裤子，在书店里踱来踱去。

刘明愚问道："您没什么特别想要看的书吗？"

"嗨，我对书没什么特别深的感情。说实话，那些古旧书年深日久，都有味了变色了，还得花几百万几千万韩元来买，我不是很理解。"

"您说您是作家，我还以为您会很爱书呢。"

"其实吧……"犹豫了片刻，赵世俊尴尬地笑了笑，"写东西我还行，对书本身谈不上喜欢。最近光是拍拍素材再剪辑一下就够让我费劲的了。"

"这倒也是。那您需要我给您推荐一下吗？"

"既然要推荐，那就拜托您给我推荐一本便宜的吧。"

"这边请。"

刘明愚摇着轮椅向左侧书架的尽头行去。这里没有展示用的玻璃罩，书架里塞得满满当当的。刘明愚转过轮椅，贴近书架，用手指一本本点过架上的书，终于抽出了一本。

“既然您是作家，那这本书应该很适合您。”

接过递来的书，赵世俊扶了扶眼镜，端详着书的“封面”。

“我不太认识汉字，就认得出‘文学’这俩字。”

“封面是背面。”

听了刘明愚的指点，赵世俊把书翻了一个个儿，自言自语道：“背面是封面？”

“过去的书，翻阅方向和现在是相反的，字也是竖版不是横排。”刘明愚解释道。

赵世俊研究了一番，满脸惊讶：“还真是嘿！”

“这本是文学社创办的杂志《文学》的创刊号，于1966年5月发行。”

“哎哟，五十年弹指一挥间哪。”

赵世俊听着刘明愚的解说，脸上露出了惊叹的表情，但是神色里看不出他有多么感兴趣。刘明愚揣摩着他的心理，继续解说道：“以小说《广场》为大家熟知的作家崔仁勋[14]在这期杂志上发表了他的《西游记》，青鹿派[15]

[14] 崔仁勋（1936—2018），韩国著名小说家，代表作有《广场》《灰色人》《西游记》等。

[15] 青鹿派，韩国文学流派，成员为1939年通过《文章》杂志推荐而登上文坛的赵芝薰、朴斗镇、朴木月。名称来源于三人的诗作合集《青鹿集》（1946），又因其创作风格特点被称为自然派。

代表人物诗人朴木月[16]等人的作品也刊载其中。患病后告别文坛许久的许允硕[17]也在这期杂志上发表了一篇题为《钓师与鸿雁》的短篇小说，并以此复出。”

“啊，果然书如其名，这本杂志在文学史上能占一席之地呢。”

见对方一脸勉为其难，刘明愚知道，这人完全没能理解这本书意义何在。他拿过赵世俊递回来的杂志，插回了书架上。

赵世俊这才想起来问：“这本得值多少钱啊？”

“30 万韩元吧。”

“真的，怎么这么值钱？”

“创刊号，上面还刊登了崔仁勋和朴木月的作品。”刘明愚微笑着回答。他望着书架，又问：“您还想看看别的书吗？”

“不用麻烦了。”赵世俊拒绝得干脆利落，他里里外外打量着书店，眉目间透着焦躁。

刘明愚感觉有些不对劲，摇着轮椅轻巧地向后退了

---

[16] 朴木月（1915－1978），本名泳钟，著名诗人，著有诗集《青鹿集》（三人合集）、《砂砾质》、《无顺》，随笔集《云的抒情诗》《写于夜晚的人生论》等。曾任韩国诗人协会会长，并发行有诗刊《心象》。

[17] 许允硕（1914－1995），小说家、诗人。1935 年至 1950 年陆续发表短篇作品十余篇，后因病中断创作。1966 年以《钓师与鸿雁》重返文坛，著有长篇小说《九官鸟》等。

几步，说道：“费了九牛二虎之力才预约成功，您来了却说对书不感兴趣，未免有些说不过去吧。”

赵世俊本来还在犹豫，一经点破，突然上前几步到了刘明愚近前。刘明愚吃了一惊，瞪大眼睛望着他。赵世俊又踌躇片刻，开口道：“其实我是对刘教授您感兴趣。”

“你什么意思？”

“我想请您和我合写一本书。”

这个提议完全不在刘明愚的预料之内，他一时什么话也说不出来，只是看着赵世俊，对方显得非常急切。

“我本来想版税咱们就对半分，不过现在我可以再多让出来一点儿。”

“你想写什么书？”

“什么都可以。和古旧书有关的也行。”

“我眼下并没有写书的计划。这个提议挺有意思的，但我只能敬谢不敏了。”

“其实我对十五年前的那件事也很好奇。一桩没抓住凶手的悬案——我正在写相关的内容，我想成为杜鲁门·卡波特[18]那样的作家。”

刘明愚听着，脸色越来越阴沉。对他而言，那场悲剧宛如昨日，他记得清清楚楚，却被这人当成用来写书的素

---

[18] 杜鲁门·卡波特（Truman Capote，1924－1984），美国作家，代表作有《蒂凡尼的早餐》《冷血》等。

材，他不知该说什么。赵世俊却似乎会错了意，以为刘明愚把他的话听进去了，加快了语速："您的这个案子，简直是个失败的典型案例。警察从一开始现场调查的时候就没做对，错失了缉凶良机。读者肯定会很感兴趣的。"

为了阻止他继续说下去，刘明愚态度鲜明地打断了他："我不感兴趣。"

不知是不是意识到刘明愚的反应很不寻常，赵世俊立刻改了口："哎呀，不是马上就要写，您要是改变主意了，随时联系我。"

又敷衍了几句，赵世俊打过招呼就离开了书店。店门在他身后关上，直到他的身影彻底消失，刘明愚才长长吐出憋了很久的那一口郁气。头又开始疼了，妻子和女儿又出现在眼前。那天的事情，真实得就像昨天才发生。是他的所作所为导致了这场悲剧 —— 他可以好好和她们说话，却在气头上大吼大叫，大发雷霆；如果他能和颜悦色地请那人挪车，或者听妻子的话，掉头走另一条路，那么妻女都会安然无恙，那个人也可能不会杀人 —— 这些想法在他脑中盘桓不去，记忆难以抑制地袭来，他的头越来越疼。刘明愚回到柜台，按下了呼叫铃。他雇了一名店员，好让自己不在或者休息的时候店里也能有人照应，平时在二层待着，随时等他召唤。片刻后，楼梯上响起一阵脚步声，楼上的人下来了。

刘明愚已经打开了玻璃门，对到了楼下的店员说："我去休息一会儿，帮我看一下店。"

"好的。"

刘明愚给店员让开路，让他进了柜台，自己则出了书店，摇着轮椅走向旁边的一道门。一段上行的台阶旁有部小小的电梯，是他买下这栋房子后增建的。他转动轮椅，倒退着来到电梯前，感应门自动打开。电梯里的按钮也是专为他量身定制的，按键位置很低，刘明愚进来就按下了去往二层的按钮。一进二层走廊，第一个房间就是他的专属空间。刘明愚进屋后立刻就倒在了门口的简易床上。需要深入思考的时候，他会让自己躺下来。他以手遮眼，控制着呼吸，努力想让自己平静下来，因为三十分钟后下一位预约者即将到访。如果看申请书时感到有什么不对劲，他会像现在这样亲自见见对方，说上几句话，毕竟十五年前的凶手可能就在其中。过了一会儿，他再次坐上轮椅，乘电梯回到了书店里。

店员正在柜台里读书，这时抬起头来："您这么快就回来啦？"

"躺了一会儿好多了，你上去歇着吧。"

店员合上书，点点头，从后门出去了。刘明愚把轮椅摇进柜台，缓了口气，等待着下一位客人的到来。很快，门禁对讲机就响了起来。看着可视门禁画面，刘明愚打开了店门。

19 号顾客也很特别。外貌方面倒是没什么可说的，圆脸粗脖，穿一件撑得紧巴巴的衬衫。这人也对书不大感兴趣，只是一味地打量着周边环境。胡须从他满是横肉的面颊和下巴上钻出来，他也没好好打理，看起来很碍眼。比起看书，他花了更多时间去观察书店的内部环境和刘明愚。目测四十上下的样子，从年龄上看，有可能是猎手。不过，整体而言，这人身材偏胖，和十五年前那个瘦削如刀锋的猎手实在怎么看都差别巨大。当然，过了这么长时间，人的外貌也会改变。刘明愚忽然发现，这人走路的方式和猎手很像，那有点外八字的步伐简直惊人地相似。万一……刘明愚想着，观察着。男人突然把手伸进了裤兜，刘明愚心下一惊。他从裤兜里掏出来的，只是一根棒棒糖。那人窸窸窣窣地剥掉糖纸，把糖塞进了嘴里，看着刘明愚尴尬地笑了笑。

刘明愚迎了过去，男人讪讪地挠了挠后脑勺："只在电视上见过您，这回见到真人了，可真高兴啊，刘教授。"

"感谢您的光临。怎么称呼？"

"金黎明。我妈把我生在黎明时分，所以就叫这个名字了。"

金黎明笑着，目光在记忆书店里扫了一圈。他呼吸的声音带点喘，可能呼吸道有点什么毛病。

“您这家书店看起来可真棒！”

“毕竟是我最后的事业所在嘛。”

“说实话，没想到您真的会开书店。”

“我可是一个言出必行的人。”

刘明愚略有不快，声音也提高了几分。但这人似乎不会察言观色，依旧笑着在书店里东瞧西逛。

刘明愚看不下去了，只得单刀直入地问他：“您要找什么书？”

“没什么特别要找的，随便看看，咱也没啥钱。”

金黎明撑起一个更大的笑容，这让刘明愚有些摸不准了。这里只有旧书，要预约才能进店，来到店里的客人，不管有钱没钱，总要有几分对书的热爱和关于书的知识，至少也得能说出喜欢哪一类的书吧。结果这位老兄却只是来“看看”，不管怎么说都很可疑 —— 如果是猎手乔装改扮来到店里，那么他应该也不会说他喜欢书。

也许是在某种程度上感应到了刘明愚的心理活动，金黎明的表情一僵，说道：“那……那要是有合适的书，麻烦您给我推荐一本吧。”说完赶紧又补了一句，“便宜的哈。”

听了他的要求，刘明愚稍加思索，摇着轮椅来到了柜台附近的书架旁。他从架上的旧书里挑出一本，递给了金黎明。封面上是个搔首弄姿的短发女郎在眺望远方，金黎明可能是想先看一下价签，把书翻过来掉过去研究了一番。他看着书名，喃喃道:“小说《阿里郎》，罗云奎[19]的电影还出过小说？”

“您知道那部电影？”

“我对这些挺感兴趣的。”

金黎明说完，又笑了笑。他翻着手里的书，看上去就没什么诚意。刘明愚见状清了清嗓子，开始给他讲解。

“20 世纪 50 年代有一本很受欢迎的杂志叫《阿里郎》，这本书就是《阿里郎》的一期临时增刊，是由三中堂印刷的。”

“卖得好吗？”

“《阿里郎》杂志于 1955 年 8 月发行创刊号，据说当时卖出了三万册。之后销量逐渐增长，一度达到过八万册之多。”

“那可卖得真够多的。”

金黎明眼睛瞪得溜圆，翻开手里的书，磕磕巴巴地读起了目录。他粗重的喘息声比刚才更明显了。

“《人间的条件》？”

---

[19] 罗云奎（1901—1937），著名导演、演员，被韩国、朝鲜两国公认为民族电影之父。

“日本作家五味川纯平[20]写的反战小说。1955年于日本发表，1958年被改编成电影，引起了热烈的反响。”

“原来那个时候日本小说也能被引入韩国啊？”金黎明合上书，问道。

刘明愚一边示意他把书还回来，一边回答：“通过一些非正式的渠道，还是能被介绍到韩国来的。这期《阿里郎》是临时增刊，副标题就是‘现代日本代表作家二十人选集’。”

“真是不可思议。”

金黎明嘴上这么说，但从他的眼神和肢体语言里看不出半点兴趣，他甚至连这本书的价格都没问。这让刘明愚在感到有意思的同时也心烦意乱起来。

“除了书，您来店里还有什么别的目的吗？”

“我就是有点好奇嘛，实际上我对书没什么兴趣。”

“那您还非得预约到我们店里来。”

尽管他没问对方为什么要这么做，但他看向金黎明的眼神里，明明白白地写着他想要一个回答。

金黎明忽然狂挠起了自己的右手掌心，挠完还在裤子上蹭了蹭，边蹭边答：“我是一个好奇心很重的人。当然，您可能不喜欢我这种人。不过呢，这世界上除了书

[20] 五味川纯平（1916—1995），日本小说家，作品主题以战争反思为主，代表作有《人间的条件》《战争和人》等。

之外，还有很多值得关注的东西。”

“可我还是很想知道您为什么会来我这儿。”

“我想见见刘教授您，亲眼见见。”

这个回答让刘明愚有些紧张:“为什么?”

“我也曾经留学法国，尽管时间很短。”

“哦，您去的是哪儿?”

“巴黎。不算正式留学，去上了几天语言班就回来了。我其实也不想去，是我妈一定让我……”

金黎明的这句话并没有说完，含含糊糊地一语带过，感觉有什么心理阴影似的。他这副样子并不符合猎手的形象，但十五年的时间足够让一个人发生翻天覆地的变化了。

“我妈经常说我应该成为刘教授您这样的人，不管多难也绝不放弃，待人接物总是充满自信。她老说，这些都是我不具备的品质。”

他话里话外似乎还有什么隐情，再问下去就不合适了，说起来的话，会变得没完没了。而刘明愚唯一关心的，只是这个金黎明到底是不是十五年前杀害自己亲人的猎手。看着此人东拉西扯，他的疑心更重了。虽然这人装作什么都不知道，对什么都不感兴趣，但他看得出来，这些可能都是假象。如果猎手不是个蠢货，那他就不能像过去那样，表露出他是一个爱书如狂的人。

不知是不是刘明愚的目光让他感受到压力，金黎明侧了侧身，说道:“谢谢您给我介绍这些书。”言罢就要转身离去，刘明愚叫住他:“以后请您常来。”

“我对书不怎么感兴趣，可能不会再来了。”金黎明讪讪道，脸上却浮现出一种无法言喻的愉悦。

刘明愚摇着轮椅来到他跟前，说道:“凡事都有第一次。下次您不用预约也可以来。”

“来了有什么有趣的事吗?”

通常这种情况下，说句“谢谢”意思一下就行了，金黎明却啃着指甲，露出了焦躁不安的神色。这样的表现加重了刘明愚的疑心。他张开双臂，做出一个欢迎的姿势，对他说:“我会给您讲故事，您会感兴趣的。还会介绍一些书给您看。”

“好吧。”金黎明答应得出乎意料地爽快，说着还瞟了一眼店门口。刘明愚一边说着“慢走”，一边摇着轮椅回到了柜台。金黎明含糊地道了个别，离开了书店。

刘明愚等待着20号顾客。接下来的客人很特别，是一对父子。十分钟后，约定时间到，这对父子出现在了记忆书店门前。父亲个子很高，看起来性格爽朗，约莫四十出头。儿子却十分害羞怯懦，大概只有五六岁。刘明愚按下开门键，摇着轮椅来到柜台外迎接两位客人。穿着白裤子的父亲绽放出一个灿烂的笑容，低头看着自己的儿子。小孩穿着黄色的衬衫，配一条背带裤，畏畏缩缩地望向刘明愚。

父亲牵着儿子的手，教他向刘明愚打招呼："勇俊，爸爸教过你，看见大人要干什么来着？"

"温……问好。"

勇俊试探着问了声好，就羞涩地低下了头。他的父亲哈哈大笑着，说道："孩子还太小。"

"这也难免。欢迎光临记忆书店。"

"您还真开了一家书店呀。那什么，我叫吴亨植，不是此人'无恒志'，是'吴亨植'。"

吴亨植开了个无厘头的玩笑，刘明愚礼节性地默然一笑。面前这人倒是人如其名，他腹诽着。无论如何，客人总归是客人。刘明愚笑着答道："我很早就准备开店了，上电视不适合我。"

"原来如此。刘教授，您刚开始上节目的时候，我就是您的粉丝啦。那时候您上的是《图书共和国》，对吧？"

尽管对方说错了，但刘明愚不想再谈这个，还是点了点头。寒暄已毕，吴亨植目光游移，看向展示着书籍的墙边书架，他的儿子已经满脸疲惫和不耐烦了。这两人到底谁想要来这里，刘明愚看得明明白白。他清了清嗓子，问吴亨植："您想看什么书？"

吴亨植看着他站没站相的儿子，回答道:“您这里有适合和孩子一起阅读的旧书吗？”

“令郎喜欢读书吗？”

吴亨植身子一震，似乎刘明愚这个问题打了他一个措手不及。

“挡……当然……”感受到父亲的目光，刚才还低着头的勇俊条件反射似的回答，“细……喜欢。”

刘明愚从勇俊的眼神中读出了一种不同寻常的恐惧。他摇了摇头。子女可能会怕父母，大抵不过是怕父母唠叨、责备。可他从勇俊的眼神中读到的并不是这些，而是因为其他事情生出的恐惧。

为了不暴露他已经察觉到这些，刘明愚赶紧对勇俊他爸说:“现在的孩子，比起读书更喜欢打游戏或者上网，所以有此一问。需要我向您推荐一本吗？”

“您能推荐那是我的荣幸。”

“孩子会喜欢的书……”

刘明愚摇着轮椅来到孩子跟前，柔声问道:“你喜欢漫画吗？”

孩子这次依旧没有回答，而是去看父亲的眼色。刘明愚做了一个没关系的表情，伸手去拉他的双臂，孩子却是一惊，躲到了父亲身后。

见孩子这样，吴亨植苦笑道:“哎哟，你这小子今天是怎么了？”

孩子完全躲到了他背后，吓得瑟瑟发抖。吴亨植却粗鲁地将孩子推到面前，训斥道:“当着人家大名人的面，你给我丢人现眼？”

气氛突然变得有些僵，孩子都快哭了。吴亨植瞪着儿子，呵斥着不许哭。勇俊强忍着泪水，却被刘明愚看见了。他惊讶地看向吴亨植，对方却笑了。

“这孩子虽然认生，但还是很听爸爸话的。不像现在的孩子那么不听话。”

刘明愚想，要是猎手有了儿子，大概也会对孩子有这么强的控制欲吧。不过，他还想再仔细观察一下，就暂时掩藏起自己的怀疑，开始给他们介绍起书来。他摇着轮椅来到了靠墙的书架旁，指着架上的书，问东瞧西望的勇俊:“你喜欢漫画吗？”

勇俊模棱两可地点点头，转头去看站在身后的父亲。刘明愚一直观察着这对父子之间的互动，这时轻轻咳了一声，选出一本书展示给孩子看。这是一本漫画，封面上的主人公身穿淡绿色衣服，足蹬一双黑色长靴，头上戴着白头巾，眼睛上还罩着黑色的眼罩，背朝大海，迎风而立。

孩子看到书，第一次主动开了口:“他好像蝙蝠侠啊。”

“据说这个人物形象确实受到了蝙蝠侠的影响，蝙蝠侠还在这本书里客串演出了呢。”

“真的吗？”勇俊听得眼睛都亮起来了。

刘明愚笑着说：“看见主人公头巾上那个字母‘L’了吗？”

“看到了。”

“漫画的主人公名叫‘利菲’，所以头巾上有个‘L’。这本漫画的正式题目是《利菲与神秘的十字星》。”

“那他是超级英雄吗？”

“没错。利菲可以说是韩国漫画里最早出现的超级英雄了。在遥远的未来，主人公利菲自幼父母双亡，被一位科学家养大。有一个想要征服世界的邪恶组织‘Z 集团’害死了科学家，利菲决心要报仇雪恨。在太白山的秘密基地里，利菲拥有了各种武器和装备，这本书讲的就是他和敌人斗智斗勇的故事。”

“哇，太好玩了！”勇俊忽闪着眼睛，感叹着。

刘明愚一页页翻动着漫画给孩子看。“能飞上天的喷气式背包、激光枪……书里都有。利菲开的‘燕子号’是全世界速度最快的飞机。”

见勇俊听得入了迷，吴亨植插嘴道：“这书看起来有年头了，是什么时候出的？”

“1959 年出版，共有 4 部 32 卷。”

“那可真是很久了。”

“那个年代能出这种漫画，简直就是奇迹。作者后来移民去了美国，韩国就不再有像利菲这样的科幻漫画了。”

“这哪是漫画，简直就是文化遗产啊。”

“2003 年左右，釜山漫画信息中心出版了这个系列的部分复刻本。但复刻本也只发行了 1000 套左右，很不容易买到。”

“您手里的是原版吧，那岂非更加珍贵了？”

刘明愚点点头。他看着手中的漫画书，回答道：“上世纪七八十年代，人们还觉得漫画是有害的，动不动就在过儿童节的时候焚烧销毁漫画。所以，即使这套书这么受欢迎，最后整个系列保存下来的加起来也不超过十本。”

“我的天，那价格一定非常高吧？”

吴亨植的表情有些一言难尽，勇俊就一直站在旁边闷声听着。

刘明愚望着这孩子，说道：“不如这样吧，以后你们可以常来店里坐坐，和我聊聊天。我考虑考虑，会按照一个您觉得合理的价格卖给您这本书的。”

“好好好，我们家离这儿很近，可以经常来。”吴亨植看上去很感兴趣，连声答应着。他低头看了看儿子，感受到父亲的目光，勇俊条件反射似的瑟缩了一下，点了点头。

吴亨植却一把拉住孩子的后脖领子，训斥道:“不是告诉过你，回答问题要开口！怎么跟条狗似的，就知道点头? ”

“我知道错了。”

听到儿子的回答，吴亨植松开了手，对刘明愚说:“谢谢您这么耐心地招待我们家孩子。他面皮薄，但是学习不错，也特别听话。”

“是啊，看起来就文静。”

吴亨植接着又夸了半天自己儿子。刘明愚却注意到了勇俊眼神里的波澜涌动。夸完了，吴亨植貌似温柔地摸了摸儿子的头，说该回去了。勇俊机械地道别，刘明愚回了一句路上小心，又和吴亨植说了“再会”。这对父慈子孝的组合刚一离开，刘明愚立刻就回到柜台里，盯着监控画面。摄像头设置的范围不仅能看到正门，书店周围也一览无余。他很快就找到了走出记忆书店的吴氏父子。吴亨植带着孩子没往大路上走，反而走向了旁边狭窄的停车场。停车场的背面和两侧都是封闭的，从外面看不清里面情况。他把孩子带到停车场，手叉着腰。勇俊深深低着头，双手哆嗦着。吴亨植背对着镜头，刘明愚看不清他的脸，但也因此可以比较清楚地观察勇俊的状况。吴亨植说了几句话，就挥起右手照着孩子后颈用力打了下去。

“这种人……”刘明愚盯着屏幕，浑身都绷紧了。

吴亨植打完，似乎还不解气，不停地跺着脚。勇俊跪在了地上，合掌祈求着什么。

“现在还有这么打孩子的家长吗？”

刘明愚摇头叹息，拿起手机就想报警，忽然停住了。

“他……会是猎手吗？”

十五年的时间，足够他结婚生子组建家庭了 —— 这想法太过荒唐，刘明愚自嘲一笑，被勾起的那份怀疑却难以散去。

“那副强行想要控制周围一切的样子，必是猎手无疑……”

尽管他无法理解一个杀人凶手怎么还能结婚生子，但如果像赵世俊所说的那样，那个凶手依旧在行凶，那么他很可能会通过组建家庭来洗脱自己的嫌疑。

“他来到店里，看起来对书完全不感兴趣，却注意到了《利菲》。”

也许他为了掩饰自己对书的痴狂，于是装作什么都不知道，但中间不免有掩饰不住的时候。他看到孩子答不上来问题那么生气，也暴露了他对书的在意。刘明愚盯着监控，在心中反复推想着。这时吴亨植狠狠扇了勇俊一巴掌，似乎这样还不够，照着刚爬起来的儿子又踹了几脚。勇俊倒在了地上，吴亨植指着儿子让他站起来，勇俊只得连滚带爬地站起身。他大概是撒够了气，安抚了一下勇俊，双手插兜来到大路上，四下里张望着。勇俊抹了抹眼泪，偷偷地看了看父亲的脸色，跟着他走过来。看着两人走出角落里监控拍摄的范围，刘明愚失神地将攥在手里的手机放回了柜台上。

4

过去

猎手在梦中回到了过去。正是那一天，他猎手的灵魂觉醒了。他出生在一个极其不幸的家庭里。母亲在他很小的时候就去世了，父亲爱书如命，嗜酒成狂。本来还有祖母照顾他，可他上初中的时候，祖母也故去了。他彻底地陷入了孤立无援的境地。父亲就算回到家里，也只会看他的那些旧书，完全不关心儿子怎么样了。他不喜欢独处，就爬到后山上抓虫子、抓鸟玩。他会扯掉它们的翅膀，剖开它们的肚腹，还会把抓来的飞蛾或蜻蜓夹在父亲的书里。他想引起父亲的注意，父亲发现了却大发雷霆，对他老拳相向，抽出裤腰带就是一顿猛打。

“你这小兔崽子！书里的鬼可要出来抓你，这么干是要遭报应的！”

“这是我给书里的鬼献的祭品！”

为了吸引父亲的注意，他说了谎。然而，父亲听了只会越发生气。

“就你这样的货色，懂什么书？”

《失落的珍珠》是父亲最珍爱的一本书，里面有他的第一份“祭品”——一只美丽的飞蛾。父亲说如果把蛾子择出来，可能会伤到书，就把它留在了那里。再长大一些，他开始杀流浪猫狗。一开始用刀和锤子，后来就只用锤子了。看着小动物的头颅被击碎，鲜血喷涌而出，身体挣扎着，最终瘫软下来，他觉醒了。死亡如此充满魅力，如此甜蜜。某天，父亲喝得大醉，又对他发起火来。

“就因为你，我这书才卖不出去！”

他去了旧书店，想卖掉这本书，却因为猎手夹进去的那只飞蛾白跑一趟。猎手长大了，父亲老了。他不能再用裤腰带抽打他，但依然用言语辱骂着他。猎手大为震惊，父亲竟然要卖掉那本珍之重之的《失落的珍珠》。

“为什么要卖那本书，书里的鬼降下罪来可怎么办？”

“哪有的事，你这傻子！”

他几年来一直相信这回事，却只得到了父亲的嘲讽。父亲回到房间，想把《失落的珍珠》放回书柜里，不小心失去平衡，身子一晃。他抓住书柜想稳住重心，没想到书柜不堪重负，迎面倒了下来。

“啊——”

父亲被压在了倒下来的书柜和身后的书柜之间，痛苦地唤他:“救……救救我！把我拉出来……”

他却沉浸在父亲的“背叛”中。他无视父亲的呼救，对父亲大喊:“你怎么能卖那本书！你知道那是本什么书吗！”

“对不起，我不卖，我不卖了。”

父亲哀求着。他却只是冷冷地看着，然后默默关上了房门。

“不！别走！”

他蜷坐在门背后，听着父亲的痛苦呻吟，直到天亮。人的生命一点点消逝时发出来的声音，让他感到了无可比拟的刺激。父亲死了，他拿到了保险赔偿，卖掉了房子，生活变好了。父亲留下了数量可观的古旧书，但他不想卖掉。直到这时，猎手才醒悟，他和父亲一样爱上了书。又过了几个月，他杀人的欲望变得更加强烈了。他思考着该去杀谁，脑海中出现了一个人的身影——那个仁寺洞的书店老板，经常和父亲做古旧书交易的。父亲总是很生气地说，那人根本就不懂这些书的价值。就是这个人，本来想买《失落的珍珠》，结果又变卦了。幸好父亲留下的记事本里记录着一些仁寺洞书店的店名和电话，还有老板的姓名，大概是时常和他做交易的。其中一个人的信息下画了一道线，还打了星号，旁边是几个小字“骗子混球”，看笔迹像是父亲醉酒后写的。他决定了，这就是他的第一个猎物。

“高正旭，咱们很快就会见面了。”

猎手用公用电话给高正旭仁寺洞的店里打了一个电话，说他想出掉父亲留下来的《失落的珍珠》。这本书里有他初次献祭的祭品，不过，反正他不是真的要卖掉，没关系。

“什么年代的啊？”

“1924 年平文馆出版的，里面还有介绍金素月的文章。”

“品相怎么样？”

“封面和封底没了，除此以外都还不错，字迹也清晰可读。”

电话那头犹豫了片刻，又问要价多少。他已经积累了比父亲还多的古旧书知识，开口就是 500 万韩元。高正旭说太贵了，只能出 300 万韩元。两人你来我往，最后各让一步 400 万韩元。对方让他去店里，猎手说离家太远了，提议在新村见面。高正旭发了几句牢骚，同意了。猎手把会面约在咖啡店，把要给对方看的书和扳手一起装进包里就出了门，随身还带了一把时常在家把玩的刀。他走进约好的咖啡店，等了一会儿，一辆黑色的雷诺三星 SM5 就开了过来。车上下来一个男人，走进店里四处张望着。猎手凭直觉认定这人就是高正旭。他向来人招了招手，对方胳膊一甩一甩地走了过来。

高正旭烫了一头卷发，鼻子红通通的，直接甩过来一句：“没想到你这么年轻。”

“替父亲跑个腿。他身体不大舒服，住院需要周转。”

“怪可怜的。书给我看看吧。”

高正旭坐在对面，跷着二郎腿，向他伸出了手。猎手从放在一旁的包里掏出了《失落的珍珠》。放在一起的扳手也被带了出来，差点就要露馅。好在这时店员走过来，高正旭光顾着点单，没注意到这边的情况。接过书，高正旭就仔细检查起来，他点的咖啡上来了也没看一眼。

实际上，两人在咖啡店里见面后，猎手刚把书给他，高正旭就开始挑起了毛病。

“这褪色也太严重了吧，插页上还有乱写乱画，这儿还沾上了油渍，怎么不提前说？”

猎手有些走神，没说什么，只是道了声“不好意思”，反正他并不真的把书给他。挑了一圈毛病，高正旭说必须再砍下去100万韩元，他装作同意了。

“不过得给现金。”

“为什么？”

“我父亲需要住院费和生活费，所以才要卖这书。”

“行吧。”

高正旭双手抱胸，点了点头，说附近正好有银行，现在就去取钱。他刚要站起来，猎手像是突然想起来似的，说道："这样的书我们家里还有。"

高正旭闻言回过神来，一副很感兴趣的样子，立刻问道："有几本？"

"大概十本吧。还有一本家谱。"

"哪里的家谱？"

"阳川许氏，保存得特别好。"

高正旭想了一想，开口问道："我能看看吗？"

"都在水原我们家里。您能来一趟的话，我就请您掌掌眼。"

"水原……"

如果高正旭拒绝，那么他的计划就此失败。但猎手知道，贪心如高正旭，一定会上钩。

如他所料，高正旭点了头："反正我开车了，咱们一起过去吧，等我一会儿。"

"好的。"

趁着高正旭出去，猎手从包里拿出扳手，藏在了夹克上衣的内袋里。这样虽然动起来略有不便，但总比到时现从包里掏方便得多。他靠在椅背上闭目养神，不久，传来了开门的声音，高正旭回来了。他睁开眼睛，就看见高正旭把一个有银行标志的厚信封揣进衣服内袋。高正旭坐下来，一口喝光了杯子里的咖啡，又站起了身。猎手看着，跟着站了起来。那辆 SM5 就停在咖啡店门外，两人上了车，高正旭问他家具体在哪儿。猎手系上安全带，报出了一个提前记下来的地址。高正旭发动了汽车。

开出首尔之前，猎手一言不发，只是看着窗外的风景。高正旭可能觉得无聊，问道：“你父亲是什么时候开始收藏古旧书的？”

“不太清楚。我小时候就看见爸爸收书了。”

“这世界上所有的兴趣爱好里，就属古董收藏最可笑了。花那么多钱，还被人耻笑是疯子，行业里还到处都是骗子。”

他很想反问一句：你难道不是骗子之一？但他嫌烦，没有开口。高正旭突然说可以走一条小路，说着就往国道上开去。

“那条路是刚开通的，没什么车。虽然得走一点回头路，但总比堵在路上强。”

广播里放着张允瀞[21]的《哎呀呀》。高正旭跟着哼唱，还敲着方向盘打起了拍子，忽然又想起一出是一出地问道：“你干什么工作？”

[21] 张允瀞（1980— ），韩国演歌（trot）歌手，《哎呀呀》为其 2003 年出道曲。

“毕业以后就一直在家休息。”

他随便搪塞了一句，高正旭的反应却很大：“你有手有脚的怎么能吃闲饭呢？‘在家休息’，休个什么息……”

说着高正旭开始数落起现在的年轻人，这些话好像都在针对他，猎手听了非常不舒服。他侧过身子，刚想说“你别说了”，衣袋里的扳手却掉了出来。听见响声，高正旭脸上变了颜色。

“什么掉了，什么东西？”

猎手把手伸到地上，捡起扳手，照着一脸惊恐的高正旭就砸了下去，就像小时候用石头砸流浪猫那样。

砰的一声，血水四溅，车子也剧烈地晃动了一下。高正旭翻来覆去地说着救命、别杀我，渐渐沉入了血泊中。终于，他松开了方向盘，车子一头撞在了隧道中央的边墙上。猎手系着安全带，没有受到太大冲击，但脖子还是比想象中更酸痛一些。撞上墙后，引擎熄了火，冒出阵阵黑烟。高正旭垂着脑袋鲜血横流，猎手解开安全带，先把手伸进他的衣袋里，掏出那个装满钱的厚信封收好，这才想接下来要做什么。出了事故，必须在别的车辆发现之前，把该收拾的收拾好，赶紧离开现场。但他动手是临时起意，现在也慌了。

“要先干什么呢？”

他想了想，在浓烟侵入车厢前，先收好了扳手，然后推开嘎吱作响的副驾车门，手忙脚乱地下了车。他打开驾驶室，把死去的高正旭挪到了车后座上。那个装着书的包缠在了高正旭的脚上，也一起进了后车厢。他掀开冒着烟的引擎盖，想把车修好再逃离事故现场。但他实在没什么汽车维修的知识，更别提引擎冒出的浓烟多到什么都看不见。他正茫然无措，呆呆地站在那里，猛然听见一声汽车鸣笛。抬起头，只见一辆白色的索纳塔 EF 停在了隧道的入口处。

“可，恶。”

碍事的人来得比他想得更快。比起害怕，他更觉得厌烦。白车又按了几次喇叭，从驾驶室里出来一个男人，大步流星地朝他走了过来。那司机满脸怒容，一边用手指着他，一边大声让他把车挪开。猎手暗自把扳手藏进衣服里，装作在查看引擎。一无所知的猎物大声喊着走了过来，却在经过驾驶室的时候像是发现了什么，停住了脚步。然而，现在再想逃已经太晚了。猎手拿出他的扳手，仿佛野兽露出它的獠牙，一步步接近他的猎物。

猎手的梦通常停在这一幕。他并不喜欢之后发生的那些事。

“那时应该彻底处理好的……”

那时的他看起来如此脆弱无力，心烦意乱中把高正旭扔在后座，想过后再处理，这是最大的失误。后来又忌惮那个装了书的文件包，没能及时处理刘明愚，犹豫中那辆卡车就到了。他开着刘明愚的车逃离了现场，在外面兜了一圈又一圈，最后回到了家里。直到看见新闻报道，他才知道自己有多么幸运：高正旭的车着了火，他的指纹和脚印全都焚毁殆尽，而那条国道人迹罕至，也没有监控摄像头，警方无法对他进行追踪。那天之后，猎手开始通过电视剧和各类书籍来学习要用何种方法、如何行事才能完成完美犯罪。最重要的莫过于不要惹人注意。一旦在媒体上暴露，警察必然会动用全部力量进行搜查。所以他至少间隔一年以上，才会再次行凶。装修好这个半地下的空间后，他就可以亲手处理尸体了，不留半点痕迹。他很想现在就把刘明愚处理掉，但这人已经太出名了。若要遵守他一直以来的“杀人原则”，那他就必须避开刘明愚这样的猎物。不过，冒险破例一次，理由也很充分——

“我必须要拿回十五年前被他抢走的书。”

其实，他已经去过刘明愚经营的那家记忆书店。那位刘教授似乎对他心存怀疑，一直在观察他，还不停地问这问那。但他和十五年前相比，变化实在太大了，刘明愚大概无法确定他的身份。对方认不出他来，他心生喜悦，可一想到不知什么时候会被发现，又会满心忧怖——就像期待为美丽的旧书翻开下一页一样，他期待着下一次的交锋。

“反正本打算接下来消停几年，借这个机会和刘明愚玩玩也不错。”

刘明愚打造的这家记忆书店，实在是妙不可言。书籍散发着独特的陈旧书香，灯光也只重点打在书上，整体装修看起来非常舒服。当然，找回《失落的珍珠》是头等大事，但他还是想暂时隐藏身份，好好逛逛这个地方。阅读旧书带给他的快感，仅次于杀人。当然，如果时机合适，抓住机会处理掉那件事也不错。

“先去会会他，谅他不能发现。”

猎手看着面前的刘明愚，充满了自信。这人不停地投来怀疑的目光，却没法确定他的身份。一想到还会再见面，猎手的心情就不由得愉悦起来。他哼着歌，忽然听到了窗外的雨声。打开门，只见黑云压城，暴雨如注。才刚刚入夜，雨中的世界已经黑暗如同子夜时分。猎手望着这场大雨，歪着头喃喃道：“真是适合去见你的好天气呢。”

原本他做任何事都要严格按计划执行，现在他却有了一股强烈的冲动，想去打破原定的计划。

*

到了下班时间，店员和刘明愚打过招呼，离开了记忆书店。刘明愚在监控里目送他走出店门，直到他的身影在路上消失不见，这才按下了柜台里的一个红色按钮，紧闭的店门外应声降下来一道铁制卷帘门。店门本身是钢化玻璃的，再加上这道钢铁制成的卷帘门，只要不是撞上来一辆卡车，任谁都没法轻易攻破大门闯进来。为了防备猎手随时再次发动袭击，以前他去学校和电视台的时候都会带着保镖。幸好，并没有发生过直接的袭击，但猎手应该不会忘记曾经狩猎失败。刘明愚从柜台底下拿出笔记本电脑，长舒了一口气。这一天下来，比想象中还要疲惫劳神 —— 他下意识地相信，今天到店的顾客里，一定有猎手。

“也不算一无所获。”

他成功地从亲自接待的顾客中推定出了几个可能是猎手的人。反复推敲好几天之后，他想整理出一份嫌疑人名单。刘明愚打开文字处理软件，运指如飞地打起字来。

名单上的第一个人是 5 号顾客，木匠金盛坤。此人丝毫不吝于表露他对无涯梁柱东的喜爱之情，以及对书籍的浓厚兴趣。同时，他还有着水准颇高的古旧书知识。他自称木匠，却理直气壮地说自己是书的主人，这就有点猎手那个意思了。杀害妻女的凶手看上去对书有着异乎寻常的执着，他正是因此才捡回一条性命。刘明愚想着，叹了一口气。当时猎手对那本书近乎疯狂的执念还历历在目，仿佛就是昨天。他停下打字的手，自言自语道："如果猎手过了十五年那样的日子，那他一定就是金盛坤现在的模样……"

"他会是猎手吗"，刘明愚敲下了一行字。他打出一个问号，旋即又删掉了。猎手并不蠢，他不会不知道记忆书店是为诱捕他而设下的陷阱。所以，他不会以谁都能想到的形象出现。当然，他也观察过对方有没有可能乔装改扮，或者行为举止都是特意演给他看的……他完全看不出所以然来。整理好与自称木匠的金盛坤相关的信息，刘明愚最后又添了一句，记录自己此刻复杂的心境。

"他真的会以猎手的面目出现吗，还是会戴着面具出现在我面前？"

刘明愚又叹了口气，叹息中混合着忧惧和其他复杂的情感，开始整理下一个嫌疑人的信息。

"10 号顾客赵世俊……"

这人脑子里像是缺了根弦，年纪也略小了几岁。他心里的天平更偏向于此人并非猎手。但这人竟然当场要求合写一本书，而且举手投足间看起来过于散漫，这两点

又让他有些怀疑 —— 赵世俊给他一种精神病态者扮演正常人的感觉。

“他只是一个好奇心很强的人，又或者他就是猎手？”

赵世俊表现得对书不感兴趣，这点也值得怀疑，他就像刻意伪装成这副模样的。不过，他也有可能只是个急于扬名立万的人。很早以前，就有不少人想借着刘明愚的名头出名。

下一个是 19 号金黎明。这个人面目模糊。他在举止上非常明显地表现出对书毫无兴趣，但很难确定这是否是他的真面目。他虽然嘴上这么说，但无从分辨是不是实话。如果前面两个人还在可以被推定为猎手的合理猜测范围内，那么金黎明甚至很难被判定是否在这个范围里。尽管如此，刘明愚还是把他放进了名单，因为看到这个人的时候，他感到了一种未知的黑暗。此人看似油滑，却不知是原本性情如此，还是为了掩饰内心而戴上了一副假面具。话很多、形容猥琐、身材臃肿……似乎有什么地方看起来不太对劲。也许这人是为了逃避他的审视，才表现出这么一副乱糟糟的样子？刘明愚思考着，把他也列为猎手的嫌疑人之一。写完他又加上了一句：“他的外貌和举止是伪装的，还是真实的？”

最后的嫌疑人是20号顾客吴亨植。他没想过猎手会结婚生子，而面前的这个人正用非常暴力的方式控制自己的孩子。念及猎手恰是一个心情不好就能杀人的人，所以他很可能也以这种方式对待自己的家人。吴亨植看似对书没什么兴趣，但他知道的东西很多。从这一点看来，说他是猎手，倒也有几分可能。他左思右想，在关于吴亨植的段落末尾，写下了心中的疑问："猎手真的会组建家庭吗？"

一直盯着屏幕的刘明愚叹了一口气，放下键盘，陷入了沉思。

他又在余下的顾客里选了几个值得怀疑的对象，整理了相关信息。但上面说的这四个人明显最为引人注意。盯着屏幕上闪动的光标看了太久，刘明愚的眼睛有些刺痛。他紧紧闭上了双眼。

"无论如何，已经走到这一步了。"

妻女离去后的十五年岁月在他眼前过起了电影：他拼了命才坐稳教授的位子，然后开始上电视积攒人脉；不管别人如何轻视、如何嘲笑，他都装作无知无觉，只要有能被人看到的机会，他就绝不会放弃；学校的人都讽刺、嘲弄他是校长的狗腿子，他还是死死抓着自己的位子不放——他只想让那杀害他亲人的猎手，一打开电视就能看见他。

“一切都是为了今天，成败在此一举……”

他内心深处的某个角落里，一个念头已经扎下了根：猎手已经来过了。现在要做的，只是从这些人里把他找出来。

“希望渺茫，但总比十五年前好多了。”

刘明愚长长吐出一口气，双手覆在自己的脸上。最近他很容易累，身体大不如前，他的心情因此更加急切了。刚想关上文档，门口的感应装置突然闪动起来——有人接近了记忆书店的大门。

“怎么回事？”

刘明愚吃了一惊，忙去看监控。监控画面由若干个小格子组成，显示着记忆书店周边各处的情况，可此时屏幕上的格子大部分都黑了。

“监控坏了？”

光线变暗时，与监控摄像头联动的小型照明灯会自动打开，并不会出现这种伸手不见五指的情况，可现在监控画面里黑得仿佛午夜降临。刘明愚侧耳听了听外面的声音，找到了原因。

“原来是下雨了。”

雨下得太大了，透过雨幕什么都看不见。没想到还会这样，刘明愚咂了咂舌头。他以为感应装置突然报警也是因为下雨，于是放下心来。这时，停车场的监控镜头里突然什么都看不见了。通过其他摄像头，可以看到一个怪人身穿深色外套，用帽衫的帽子罩住了头，正拿着一瓶喷雾往镜头上喷。刘明愚眼看着监控画面瞬间黑掉，不由得低声惊呼：“猎手！”

他早就料到会这样。

“你果然已经来过了！”

他无疑是伪装成顾客登门，探好了记忆书店周围各个监控摄像头的位置，再趁着大雨来破坏，这样即使近距离接触也看不清他的长相。暴雨如注的暗夜里，等待了十五年的猎手突然找上门来，刘明愚感到恐惧。但他没有报警。一旦警方插手，对方必然会隐藏行迹，也许他将再次失去找到猎手的线索。拿好手机，刘明愚摇着轮椅来到了店面中央。这里的大门、前后门的窗户，还有四周所有的窗户，都安装的是防弹玻璃。铁制的卷帘门也已经放下来了，外人想闯进来，并没有那么容易。不过，猎手看上去是有备而来。最让刘明愚一口气堵在心里的是监控都被遮挡了，无法观察外面的情况。他只得攥着手机，闭上双眼，努力集中精神去分辨门外传来的声音。突然，手机响了。屏幕上显示出“未知号码”的字样，没有来电数字，只有一大串的“×”。他犹豫了一下，还是按下了接听键。以防万一，同时打开了电话录音和扬声器，手机里立刻传出来流水似的雨声。

“好久不见。”

对方用了变声器，声音听起来十分扭曲。但在那人开口的瞬间，刘明愚一下子就回到了十五年前的那一天。透过滋滋作响的电流声，他感到了和十五年前分毫不差的毛骨悚然。

“这些年你可出了大名了。早知如此，当时我就该管你要个签名。”

“我是不会给你这种人签名的。”

“哎哟，成了名就见人下菜碟呢。看来你是一点儿都没变啊。”

听着他连连啧啧有声，刘明愚想起了那个自称木匠的金盛坤。他强作镇定，问道：“过了十五年，你又来找我干什么？”

“哎，无论是以前还是现在，你这人说话总是这么没礼貌，我还以为你能改了呢。”

“你这种东西，骂你都是浪费唾沫。”

“你就是太狂了。就因为你这种态度，老婆孩子都没了。”

猎手的这句话让刘明愚脑中针扎般剧痛起来，但他咬紧牙关忍住了。

“说得好像你有老婆孩子似的。”

“怎么，我看起来像是没有？”猎手说着咽了口唾沫。

这个回答让刘明愚想起了和儿子一起来的吴亨植，那个人就像是特意在向他炫耀自己有孩子一样。想到这一点，刘明愚平静地回答道：“一看你就没有老婆孩子，谁和你成了一家人，那可真是倒了大霉。”

“你什么意思？”

“你家里人知道你不顺心就会杀人吗？哎，一定还不知道吧。知道了还有谁能和你一起过。”

刘明愚的话激怒了店门外的猎手，他喘起粗气来。

“你最好不要拿我开玩笑，我是猎手，十五年来从没失败过。”

“你充其量也就虐虐流浪猫、抓抓虫子。你脚腕的伤，还抓得住猎物吗？”

“一点小伤算得了什么。不过是擦破了皮，没什么大不了的。”猎手对刘明愚嘶声吼道，说话间能听到粗重的喘息声。

他似乎一紧张就会喘，和十五年前的猎手一样。刘明愚最近也听到过这种喘气声，仔细想想，和金黎明发出的声音很像。他无法确认门外猎手的身份，不过，他本来只是怀疑猎手混在记忆书店开业后到店的顾客中，现在则可以确定这一点了。这个人知道监控摄像头的位置，打电话还用了变声器。如果他们没见过面，何必连声音都要隐藏。刘明愚的大脑飞速运转着，身后突然传来一声轻响，引起了他的注意。柜台后面就是后门，声音是从那边传出来的。尽管他想杜绝隐患，但原来的装修计划可能存在建筑法规上的问题，所以后门换成了可以从里面上锁的铁门，门上留了一个大小能露出一张人脸的窗口。毕竟人也不可能从这么小的开口里进来，窗上还封了铁格栅，他觉得这样足够了。响声的源头就在这里。循声望去，只见铁门的玻璃窗上被钻出了一个小孔。这扇窗虽然也很结实，但用的不是钢化玻璃，所以小孔很快就打通了。

手机中传出了猎手的笑声："想送你一个礼物，你做好收下的准备了吗？"

"疯子！"刘明愚怒吼着，他终于明白猎手为什么给他打电话了，"你是故意打电话好让我没法报警！"

电话那头的猎手没有回答，只是咯咯笑着。后门的玻璃已经破开了一个拳头大小的洞。刘明愚知道，对方并不想直接闯进来，而是想用更毒的手段。这种大小的破洞，人虽进不来，但足够喷洒易燃液体或者扔进来什么危险物品了。果不其然，从破洞里流进了某种液体，顺着铁门哗哗地淌了下来。

刘明愚对着手机喊道："你想放火啊，你觉得我会带着《失落的珍珠》跑出去？"

没有回答，只能听见对方粗重的呼吸声。

“书店里要是着了火，我第一个就把那本书扔进火里！你等着瞧！”刘明愚兴奋地连声喊着，“你放个火试试！快动手！”

“那是我的书。”

“哎哟哟，你可不配有这本书。我就是把它撕了也不会给你！”

“原来你并不爱书。”

“对，我爱的是我的家人，而不是书这种玩意儿。”

“你会遭报应的！”

刘明愚只觉得荒唐至极，更大声质问他：“你说什么，你可是个杀人凶手，这是谁对谁说会遭报应哪？”

“人会死，书不会。”

“什么？”

“你收藏的这些书里，相当一部分已经活得比人久多了。所谓生命，没有任何意义，对你我而言，都一样。”

雨幕中，猎手发出低沉阴冷的笑声，仿佛他本不想笑，却要强迫自己笑出来。听到的瞬间，刘明愚立刻就想到了赵世俊，这人也曾经发出过类似的笑声。他按捺住情绪，对着电话吼道：“你算个什么东西，还敢教训别人！我的家人可比那些旧纸片重要多了！想放火你就放吧！这里所有的书都会被一把火烧得干干净净！”

他没有听到回答，铁门却剧烈地晃动了一下，应该是被踹了一脚。已经破了洞有了裂纹的窗户在这一踹之下彻底碎了，碎玻璃哗啦啦掉了一地。

刘明愚摇着轮椅向后门走去，大声喊道："有种你就来！老子不怕你！"

"别嘴硬了！你当然怕我！"

"为什么，就因为你杀了我老婆孩子？杀害无力抵抗的女人和小孩，还吹得像是干掉了什么了不得的大人物似的。告诉你，我知道你这种杀人狂魔为什么总把女人当成目标！"

他强忍住咳嗽，奋力摇动轮椅，终于来到了铁门前。那个恶魔，那个十五年来让他日日陷入噩梦，给他留下不可磨灭的创伤的恶魔，已近在眼前。刘明愚剧烈地颤抖起来，然而他竭力压抑着内心的恐惧，故作泰然自若地开口道："因为你是一个懦夫，不敢挑战比你强、不怕你的对手。不是吗？猎手。"

最后的"猎手"两个字，刘明愚咬得格外重。他紧紧盯着铁门，对方却并没有回答，只是又踹了几脚门。片刻后，猎手用带着粗重喘息的声音说："咱们下次再见，刘教授。"

就像十五年前一样，猎手忽然消失了。刘明愚的脑袋方才还紧张得要爆炸，此时一瞬间就凉透了。他曾无数次梦见过这个对决的时刻，可这场过招也太潦草了，毫无真实感，唯一可以确定的是猎手来过了记忆书店。

“为这一刻等了十五年，甚是荒唐啊。”

更大的问题在于，猎手可能就此再次销声匿迹。看来此人已经知道他为什么要开这家书店了。要不要动用最后一招？刘明愚想了想，决定还是先忍一忍，毕竟他无法走出记忆书店去实地调查。刘明愚思考着，心中有了一个绝妙的主意。

5

反击

转过天来，赵世俊一脸兴奋地走进了记忆书店。刘明愚拒绝和他一起写书，他本已放弃了。突然接到刘明愚的电话，让他来见个面，他难免亢奋。工人们正在换后面的铁门，刘明愚则默然坐在轮椅上看着。赵世俊见状问道："这是怎么啦？"

"昨天晚上有人不请自来了。"

赵世俊没听懂，眨了眨眼睛。也许是因为紧张，他扯出一个独有的假笑。刘明愚摇着轮椅从盯着工人干活的小角落里出来，赵世俊自然而然地朝他走了过去。

刘明愚抬起眼，望着赵世俊说："昨天晚上那个人来了。"

"那个人？"

"十五年前杀害我家人的凶手。"

可能是太过惊讶，赵世俊笑得有些勉强。

“真的？”

“他在监控镜头上喷了漆，让我看不见他，又打碎了后门上的玻璃窗，倒进来了易燃液体。”

“他这是想放火啊。您报警了吗？”

刘明愚摇摇头：“雨太大了，他又遮着脸，无法确认他的身份。其实，我也只是推测是他。”

“啊！——”

赵世俊短促地惊呼一声，他明白过来刘明愚的意思了。他无声地看着刘明愚，后者也看懂了他的眼神，露出了一个苦涩的笑容。

“感情不过是记忆的残骸。对我而言，十五年前的一切是至死难忘的悲剧，对警方来说，却只是无数案子里的一个。对你呢，不过是一件好奇的事，不是吗？”

赵世俊没有回答，尴尬地笑了笑。

“我开这家专卖古旧书的记忆书店，也是为了引杀害我家人的凶手上钩。”

“您说什么？”

赵世俊惊得提高了声音，引得修门的工人都回过头来看他。他强笑着说了句“不好意思”，又对刘明愚道：“为引凶手上钩才开了这家书店，这是什么意思？”

“就是字面上的意思。那个凶手自称‘猎手’，他把旧书看得比自己的性命还重。”

“所以您就开了家书店来引蛇出洞？”赵世俊问，目光在记忆书店里环视了一圈。

刘明愚点点头：“这里算是一个诱捕他的陷阱吧。警方不想管，负责和我对接的人让我把这事忘了，好好生活。但我不能忘，这和我自己亲手杀了我的家人没有两样。”

听刘明愚这么说，赵世俊晃了晃脑袋：“于是您开了家专卖古旧书的书店，只有预约的人能进来，原来是想从顾客里找到凶手。”

他的声音有些颤抖。刘明愚看着新装好的后门，说道：“昨天晚上他打碎了这扇门上的玻璃窗，洒了易燃液体，想放火。他还给我打电话，威胁我。”

“那您是怎么应对的？”

“我说我要把店里的书都烧了，他立刻就放弃了。”

“这人可真是个疯子！”

赵世俊兴奋起来，刘明愚却闭上了眼睛。

“疯子已经不足以概括他了。他对我说，十五年来，他从未失败过一次。”

“什么叫没失败过？”

赵世俊下意识反问了一句，随即打了一个激灵。

“不会吧！”

“他这是一直在杀人啊！”

“我的天，这可是个连环杀人狂！”

赵世俊连声惊呼。刘明愚咽了口唾沫，说道：“还不确定，也有可能是他在头脑发热的情况下虚张声势。必须抓住他才行。”

“这事可真是越来越复杂了。”

“其实……”刘明愚有瞬间的犹豫，还是开了口，“我有时会做坠入黑暗的噩梦。每当我睁眼醒来，回想时，仍旧能感受到在黑暗中的绝望感。正是这样的黑暗，让恐惧都变成一种奢侈。”

赵世俊听着，紧张得跟着咽了一口唾沫。刘明愚静静地望着他。这时工人说门换好了，刘明愚应了一声“辛苦”，说工钱已经转过去了。他看着工人们一一收拾好工具，又用余光扫了一眼赵世俊。

“其实，记忆书店开业以后，我还是拿不准，不知那人是不是真的会出现。”

赵世俊又环视了一圈，耸了耸肩：“他这是深入虎穴啊。罪犯只要稍微露出一点马脚就会被抓出来。您知道姜浩顺[22]是怎么被抓住的吗？”

刘明愚摇摇头，赵世俊继续说了下去：“警方缩小调查范围后，他放火烧了自己那辆曾经载过被害女性的车。

---

[22] 姜浩顺（1969－ ），韩国连环杀手，于2005年至2008年间连续杀害十人。

警察本来就十分怀疑他，这下可抓住了把柄。那车燃烧得不彻底，里面有很多微量物证，坐实了姜浩顺的嫌疑，最终警察逮捕了他。”

“做贼心虚啊。”

“可以这么说。刘教授，到目前为止，那个叫‘猎手’的杀人狂一直谨小慎微，这才没泄露行迹。如果他明知这里是个陷阱，我无法相信他真的会突然出现。”

“他是为了书。”

这个回答出乎意料，赵世俊皱起了眉头。

“书？”

“十五年前，我曾经和他正面交锋。你知道我是怎么活下来的吗？”

工人们收好了工具正要出去，刘明愚拜托他们把后门关好。赵世俊摇头不知，他解释道：“我把一本书当成了盾牌。”

“真的？”赵世俊觉得难以置信。

刘明愚点点头：“那人有一个包，被我拿来当成盾牌护在身前，他立刻就犹豫了。那个包里装着一本旧书。”

“一个痴迷于古旧书的连环杀人狂？不可思议。”

“所以我决定开一家专卖古旧书的书店来诱捕他，但决定之后又苦思了很久。这个人自称猎手，把受害人视为猎物，真的会上钩吗？不过……”

刘明愚再次咽了下唾沫，看着修好的后门继续说道："他出现了。昨天晚上雨下得非常大，他认为是个有助于他隐匿行迹的好时机，所以上了门。他熟悉监控位置，显然已经伪装成顾客进来过了，又或者是听来过的人仔细讲过店里的情况。"

赵世俊一只手捂住了嘴，颤声喃喃道："老天爷，真跟小说似的……"

刘明愚的目光扫向他，他似乎有些慌乱，像之前那样在裤子上拼命蹭了蹭手心。

"对不起！"

"其实，你一来店里就提起十五年前的事，让我有些怀疑。"

赵世俊微微摇了摇头："那您为什么又叫我来？"

"因为我想你应该不是那个人。不管怎么说，猎手就在我们附近。"

赵世俊瞪大了双眼，长出了一口气："如今整个韩国只有咱俩知道这件事。那您现在还想报警吗？"

"以什么事由报警，他弄坏了我一扇门？"

"他不是打来了电话吗？追踪那个号码，很快就能抓到他吧。无论如何，最重要的就是确定他的身份，对吧？"

刘明愚摇头道："来电来源未知，用的估计是预付费的临时手机或者非法登记的手机。"

听刘明愚这么说，赵世俊只得点头："这倒也是。这家伙很聪明，这些应该都想得很周全了。"

"他像一阵风一样，又消失了。恐怕报警也没什么用。"

刘明愚像是已经死了心，赵世俊却问他："那……您不报警，就这么一直干等着？"

"不，我已经有了计划。接下来，该轮到我反击了。"

"反击？"从表情上看，这已经超出了赵世俊的理解范围，他看着轮椅上的刘明愚，追问道，"您要怎么反击？"

"首先，要找到他。"

"怎么找？"

刘明愚摇着轮椅来到柜台前，按了几下键盘，然后转过显示器给赵世俊看。

"这是记忆书店开业后到店顾客的名单。一共有四十人，其中值得怀疑的只有几个。"

"把这几个人告诉警察，怎么样？"赵世俊贴近显示器，仔细看着名单。

刘明愚却摇头道："走漏了风声，这人就跑了。我不相信警察。"

"我理解您的心情。可是，如果没有警方协助，是没办法追踪他的啊。"

"这次我要自己解决。我并不想让他接受法律的制裁。”

“为什么，您不是为了抓住他才开的这家书店吗？”

刘明愚对忧心忡忡的赵世俊加重了语气：“要由我来审判他。”

“一般电影电视里这么说就完蛋了……”

“已经完蛋了，十五年前就完蛋了。因为我犯的错，我的家人都死了。”

刘明愚如此决绝。赵世俊长叹一声，低头看着地板。

“您一个人怎么对付得了那个想要放火烧书店的疯子？”

“所以要请你帮我。”

这句话仿佛一个惊雷，震得赵世俊一下子跳了起来。

“我怎么帮您？”

“你来找我，不就是为了那个人吗？”

“话虽如此，去追踪他又是另一回事了，我还不想死呢。电影电视里我这种角色都是最先死的，主角倒是能活下来。”

“他不认识你。按照预约，你们是分别来店里的。”

“为什么是我？”

刘明愚立刻回答了他的问题：“因为你看起来对这件事很感兴趣。”

“真是因为这个？”

刘明愚目不转睛地看着他，赵世俊双手在裤子上来回蹭着:“这事太可怕了，我干不了，多谢您抬爱了。”说完，转身就要走。

刘明愚在他身后大声问他:“你不想出名吗? ”

“我可一点儿也不想死了再出名，那还有什么用。”

“这可是个可以写出韩国版《冷血》[23]的机会。”

这句话像吸铁石一样牢牢吸住了想要离开的赵世俊。他停在那里，刘明愚摇着轮椅来到他面前。

“为了抓住他，我准备了十五年。抓到这样的杀人狂，不是件万众瞩目的事吗? ”

“话……话是这么说……”

“就算他说的话只有一半是真的，那他也是不亚于柳永哲[24]或者郑南奎[25]的连环杀手了。你的书里如果有亲自追踪这种杀人狂的内容，出版社一定会感兴趣的。”

“真的会吗? ”

“我会帮你问问出版社的。这些年来，我可给出版社提了不少出版建议。”

“因为他们想出刘教授您的书啊，又不是我的书。”

“这不是问题，我可以和他们说，签一个合同，他们

---

[23] 《冷血》(*In Cold Blood*)，杜鲁门·卡波特所著犯罪小说，同名改编电影广为人知，影响深远。

[24] 柳永哲（1970－　），韩国连环杀手，于2003年至2004年间杀害二十人。

[25] 郑南奎（1969－　），韩国连环杀手，于2004年至2006年间杀害十三人。

如果能给你出书，就能一起出我的书。”

“您这么说，我很难拒绝啊。”赵世俊咧开嘴笑了。

刘明愚微笑着回答他：“别多想，只要相信我就行了。”

“话虽如此，去追踪杀人凶手还是很可怕。”

“对方并不认识你，也就并不那么危险。我希望你能跟踪这几个我怀疑的人，从里面找出谁是猎手。剩下的事，由我来处理。”

“您是要私刑报复吧？”

“你只需要告诉我谁是猎手，我自有办法。”

“那我又能得到什么呢？”

“名声。你知道出名意味着什么吗？”

赵世俊没有回答，只是摇头。刘明愚轻轻地笑了起来。

“名声，就像是一张‘免费通行证’。认识你的人多了，当然也有不方便的地方，但好处更多。我的每一句话、每一个手势，别人都会给出反应，人们会关注我，盯着我，目光里混合着羡慕和尊敬。”

看赵世俊的表情，他像是陷入了苦恼，刘明愚乘胜追击道：“你如果要用这件事写书或者做节目，我完全不介意。当然，我也不会收你的费用，不会和你分成。如果你愿意，咱俩还可以一起上节目，我也可以给你写推荐，告诉大家能追踪到猎手，是你起到了决定性的作用。”

这话说得掷地有声，赵世俊转了转眼珠儿，仔细咂摸着。

刘明愚接着说出了一锤定音的那句话：“你不答应，我就去找别人了。”

“您要找谁？”

“一个以前当过宪兵的侦探。”

“那您为什么不直接找他，反而来找我？”

“我不确定他是不是抓猎手最合适的人选。如果你拒绝，我就打算找他了。”

刚才还在犹豫的赵世俊立刻耸了耸肩，说道：“您这个提议我没法拒绝啊。”

“我会把名单整理好给你。”

“名单上是您怀疑是猎手的人？”

刘明愚没有回答，只是点点头，继而补充道：“里面有三个人嫌疑最大。5 号、19 号、20 号，为了方便，我把他们分别称为‘木匠’‘黎明’和‘老爸’。”

“您为什么觉得他们可能是猎手？”

“怀疑的理由我会单独整理成一份文件，用电子邮件发给你。这些人的联系方式、居住地址，还有照片，我也会一起发过去。”

“之前的预约申请书上不是只填写了姓名和电话吗？”

“现如今，只要知道了电话号码，能查到的事情就很多了。”

听了刘明愚的回答，赵世俊的语气中带了点嘲讽：“还真看不出来，原来您也喜欢用这些见不得光的方式。”

“这点我不否认。不过，我会把一切都处理干净的。”

赵世俊听懂了，双臂抱在胸前思考着。这件事的危险程度超乎他的想象，但按照刘明愚的意思，他也会得到足够分量的回报。最重要的是，他的好奇心已经被勾起来了。终于，他放下交叠在胸前的手臂，问道：“需要我做什么？”

“我需要确凿的证据，来证明一个人是或不是猎手。不一定是法庭承认的那种证据，只要能让我确认他是不是就够了。”

“之后呢？”

“之后就是我的事了。有些精通此道的人专门处理这种事。”

“所以我要干的就是侦探的活儿了。”

“没错。”

赵世俊又抱臂想了一会儿，最后点了头：“好，我试试看。”

“工作的报酬和购买装备的经费我会转账给你。”

“多谢您了。可我还很好奇另一件事。”

“什么？”

刘明愚抬头看着赵世俊，赵世俊也看着刘明愚的眼睛。

他问道：“您为什么觉得我不是猎手？”

刘明愚轻笑一声，回答他：“因为你想出名，这是作为猎手一定要避免的。”

“就因为这个？”

“实际上……”刘明愚依旧带着笑意，“我做了一点点背景调查，确定你昨天不在这里。”

“那其他人呢？”

“其他人的情况我没法确定。”

刘明愚回答得很简短。他望着修理得干干净净的门，说道：“昨天我看到了那个站在这扇门背后的人。我用了十五年的时间殚精竭虑地去找他，而当他出现在我面前时，一切就好像假的一样。”

“您害怕了吗？”

刘明愚出神地望着赵世俊：“没有。”说完他又补充了两个字，“很黑。”

“您的意思是说……什么都看不见？”

刘明愚点了点头。

赵世俊喃喃道：“这人就像是黑暗本身……”

“也是黑暗的深渊。”刘明愚抬头看着赵世俊，目光中有焦虑，也有紧张。他的回答依旧简短，过了一会儿才说：“但我们很快就能把他拖到光天化日之下了。”

“听您这么说，这事可真不好办……”

“这回他是猎物。越追他，他就会越急躁，急躁就会有失误。”

刘明愚的话中满是自信，赵世俊却像是有些焦虑，咬起了指甲。

“不知道这是不是一个正确的决定啊，这……”

见赵世俊有些怕了，刘明愚耸了耸肩：“在这之前，我也没想到能这么快就见到猎手。”

“也有可能这三个人都不是猎手。”

“当然。所以我先把他们三个人圈出来。”

“您是说……？”

“我要和他们聊聊十五年前到了我手里的那本书。我会说，开书店比想象中还要花钱，我可能会把那本书卖给别人。”

赵世俊听了连连点头称妙：“那他听了肯定会有所行动。”

“就算没有行动，也可以通过观察他们的反应来找到一些线索，对吧？你可以趁机去搜一搜他们的住处，看看有没有什么头绪。”

“这个方法不错。”

刘明愚用两根手指指了指自己的双眼。

“我来充当眼睛，请你做我的手和脚。”

赵世俊听了一摊双手:“福尔摩斯和华生?”

“随便你怎么叫都没关系，只要达成目的就可以了。”

刘明愚多少有点冷淡,赵世俊只有苦笑。刘明愚背对着他，摇着轮椅往柜台去，边走边说:“你知道我的手机号吧？把你的账户告诉我，我先把调查费转过去。”

“好。”

赵世俊带着尴尬的表情说了句“多保重”，离开了记忆书店。看着店门在他身后关上，刘明愚终于吐出了一直憋在胸中的那口气。

6

调查

见过刘明愚之后的第二天，赵世俊就收到了他许诺的调查费，金额比想象中大得多，他确认了好几次那个数字。刘明愚同时把重点嫌疑人之一，那个代号“老爸”的人的姓名、电话和地址用电子邮件发给了他。不仅如此，还附了一份简单的备忘，解释为什么会怀疑这人是猎手。他说，因为“老爸”组建了家庭，一开始觉得他不可能是猎手。但是，他有虐待儿子的嫌疑，况且猎手也可能为了洗脱嫌疑特意去结婚生子。尽管赵世俊也不太能理解连环杀人狂怎么会组建家庭，可出人意料的是，实际上很多连环杀手都结婚了。当然，他们的家人并不知道杀人狂的罪行，甚至可能成为受害者。

看完邮件，赵世俊心想:“他的调查做得很彻底嘛。”

不过，十五年来始终只为了这一个目标而活，把调查做到这个程度也没什么好奇怪的……赵世俊盯着显示器嘟囔着。刘明愚要求调查的第一个嫌疑人，名叫吴亨植。他和约莫五六岁的儿子一起来过记忆书店，有许多可疑的蛛丝马迹。赵世俊不认为猎手真的会结婚生子，但他还是打算着手调查。他再次确认了这个被刘明愚称为“老爸”的人的地址，带上一些简单的随身物品，离开了家。

“开峰洞……”

坐地铁的时候，赵世俊仔细想了想猎手应该是个什么样的人。连环杀人狂总是说，杀人对他们而言是快乐的。杀人 —— 普通人无法想象的极端行为，他们却能从中感到喜悦。

而且会上瘾。

他采访过一些连环杀人狂，他们都会提到“上瘾”这个词。杀人为什么会上瘾？其中一个人私下告诉他的答案，让他恍然大悟。也许是因为已经做过了几次采访，那人觉得两人已经熟悉了。刚关上摄像机，对方就哧哧地笑了起来，对他说：“因为好玩。”

“什么？”

“死了的人，他的亲人们哭着、失魂落魄的样子，很好玩……”

他难以置信地看着对方，杀人狂却露出发黄的牙齿，告诉他：“就像是在看戏。我以前……”咽了口唾沫，那人瞟了眼一直盯着他的狱警，接着说，“杀过一个摆地摊的。因为他说自己从小没爹没娘全家亲戚都死绝了。等我真的把他杀了，所谓的什么父母、什么亲戚都来了，哭得像是天塌下来了似的。恐怕你也会觉得那情形很荒唐可笑。”

他说起自己行凶后的恶果，就好像在聊一个有趣的游戏。看着面前的杀人狂，赵世俊感到一阵恶寒。不过，他也明白了其中的意思。他想起某个犯罪侧写师曾经说过，杀人狂魔并不能像常人一样理解别人的感情，只有当他们直接面对这种对灾难的情感表达时，他们的心灵才会有所触动。也许正因如此，杀人对他们来说是一个有趣的现象。赵世俊胡思乱想着，听到地铁报站已经到了开峰洞，这才打起精神。首尔的地铁一号线在地面运行，他下车后上了台阶，需要再乘扶梯往下走一段才能到站外。下了扶梯，赵世俊观察了一下周边环境。穿过一个开着水果店和化妆品店的小广场，一条路出现在眼前。区间巴士站前有一条人行横道，对面是一家饺子店，店里冒出腾腾的热气，像迷雾一样包裹着四周的景物。这条路正好贯穿一个密布着不少商家的小区，赵世俊顺着路往前走。他提前在网上检索过吴亨植家的地址，所以找起来并不费力。沿路走了一会儿，面前出现了一个有加油站的十字路口。穿过人行横道，赵世俊走上了一条破败的上坡小路。这一带是典型的住宅区，虽然大部分是新建的联排住宅楼，也还可以见到不少老式风格的尖顶小洋房。小路的尽头有一座很大的教堂，道路在这里分作左右两条巷子。现在几乎已经到了半山腰，风吹起来比平地上冷了几分。两条巷子都很窄，蜿蜒曲折。赵世俊拐进了左边那条，吴亨植就住在里面。走过丰年公馆的入口，两栋老旧洋房映入眼帘。赵世俊确定了一下手机里存的地址和现在的位置，停下了脚步。

“就是这儿了。”

洋房外面有高大的水泥围墙和铁栅栏，可以看出大概是 20 世纪 80 年代建的。大门漆成了蓝色，看起来有年头了。赵世俊把手机固定在稳定器上，踩着旁边的空花盆爬上了墙头。房子的大门就在离院门几步远的地方，大门旁边还有台阶，应该是通往半地下室的。他用手机观察了一番围墙里的情况，对着屏幕自言自语起来。他想，这段一定得录下来。

“大家好！我现在正在探访一个连环杀人狂的家。据推测，十五年前他杀害了刘明愚教授的妻子和女儿，还有一位旧书店的老板，多年来一直秘密进行着杀人的勾当。画面中的住宅看起来平平无奇，他真的在这里行过凶吗？当然，现在还没有明确的证据，但通过分析多方得来的信息，我们也不能排除这些为真的可能。今后我会继续观察，争取找到更多的线索。”

赵世俊说完，又转动稳定器，开始缓缓拍摄院内的景象。

“这就差不多了吧。”

他从花盆上下来，把手机和稳定器拆开，环视了周围一圈。现在是大白天，除了老人，几乎见不到路上有行人来往。他慢慢倒退着走出巷子，无意中转过身来，却吓了一大跳。那个“老爸”，嫌疑人吴亨植，出现在他面前。他穿着一条运动裤，搭配一件帽衫，一只手里拎着黑色的塑料袋，另一只手里牵着儿子勇俊。赵世俊有些恍惚，刚一开始就被发现了？吴亨植却没多看他一眼，就这么走了过去。赵世俊心慌意乱，转身看着吴亨植和儿子回了家。他赶紧跑回围墙旁，踩上刚才的空花盆，探头往里看去。只见那父子二人已经进了院门，吴亨植把塑料袋给了儿子，摆手让他进屋，自己则下台阶去了半地下室。

“他们怎么不一起进去？”

吴亨植的儿子走上了屋门口的台阶，忽然停下，转过头来。赵世俊连忙从花盆上下来，逃出了这条小巷。他想明白了吴亨植为什么毫无反应地与他擦肩而过。

“他不可能认识我。”

尽管他们都去过记忆书店，但两人去的时间不同，所以就算是面对面，也不会认出对方。缓过气来，他不由得再次感慨，刘明愚特意让顾客单独预约，实在是明智之举。

“连这些他都是提前想好的吗？”

他一边想着刘明愚真是心思缜密深不可测，一边走到了大路上。经过一家黄色招牌的超市，刚好看见一栋两层的商铺里竟然紧挨着开了两家房地产中介公司。待出售的楼盘信息被打印出来，贴在落地玻璃窗上。第二家中介玻璃窗上贴着一栋洋房的信息，正是吴亨植家隔壁。赵世俊停下脚步，确定了一下房屋的价格和面积，推门进了中介公司。他以为里面坐着的会是个老年或者中年男子，没想到是一位三十五岁上下的女性，正在那儿看着电脑。门上挂了个小铃铛，女人闻声抬起头来。

赵世俊开口道：“我想看房。”

女人说了句请稍等，戴上了放在显示器旁的眼镜，站起身来。桌边摆着名牌，上面写着“经理 金贤珠”。她请赵世俊坐下，拿了台平板电脑坐在了他对面。

“您想找什么样的房呢？”

“就那边那条巷子里的……”

赵世俊报出了吴亨植家隔壁的地址，金贤珠熟门熟路地说：“啊，您说 23 号啊。房子有点老，但是地块很大，您要是买下来推倒重建，盖联排住宅很合适。”

“正有此意，隔壁那家也卖吗？”

“隔壁？”

“对，那栋蓝色大门的房子。同时盖两栋比单盖一栋更划算。”

听赵世俊这么说，金贤珠表情严肃地开始在平板电脑上查找起来。

“嗯，经常有人来问这家呢……”

她轻咬着下唇，把平板电脑放在沙发前的茶几上，对赵世俊说：“那家的房主有点不好说话。”

“房主是谁啊？”

“一位年轻……啊，不对，稍微有点年纪的先生，总是和他儿子在一起。”

“哦。”

赵世俊想起刚才见到的吴亨植和勇俊，又问道：“我想把这两家都买下来，您能给想想办法吗？”

“您可别提了。已经有好几位客户咨询过，我们也问了他好几次，都说不卖。”

“为什么？”

见赵世俊面露失望，金贤珠叹了口气：“唉，和他说比市场价多给 1000 万韩元，他想都不想就拒绝了。很少有人会这样，我就问他为什么。他说这是充满了他和妻子回忆的地方，在儿子长大之前是不会卖掉的。”

“还挺浪漫的。”

“现在一切都向钱看嘛。但他都这么说了，我们也不好再硬和他谈下去。”

“把这两栋房子一起买下来，同时施工那是最好不过了……”赵世俊像是还不死心。

他刚说了两句却被金贤珠打断了:“不然您看看大路这边的？这边几个地块面积也差不多。”她用平板电脑展示着吴亨植家附近几栋房子的平面图。

赵世俊佯装看了几眼，又说:“这几家都在马路边，对吧？现在大家都嫌盖在路边的住宅太吵了。”

尽管他并不懂盖楼的事，却垂下头，好像因为这事办不成很沮丧似的。好在金贤珠也认同这一点，并没有起疑心，拿起平板电脑，自言自语道:“这两栋房子要是能一起卖就好了。”

“那家房主其实是想坐地起价吧？”

金贤珠摇摇头:“我没能和房主聊太多。他说那房子是他和妻子的回忆，他不想离开。人家都这么说了，我也就不能提我们这边会出高价什么的了。”

“这倒是……唉，可惜啊可惜。”

赵世俊连声说着“可惜”。金贤珠坐回办公桌，摘下了眼镜，像是没什么要说的了。虽然没有完全达到目的，但也算大致对周边的环境有了些了解。赵世俊取得了阶段性胜利，说了句“过两天再来”，便站起了身。

金贤珠突然说:“您最好不要直接去找那个房主。”

“怎么？”赵世俊伸手正要开门，闻言回过了身。

金贤珠盯着显示器说道：“那人有点奇怪。”

“您这是什么意思？”

金贤珠长长叹了一口气，看着赵世俊：“我大学毕业以后一直没找到工作，就在我爸开的这家房地产中介干，到现在已经干了十五年了。”

“所以……？”

“我真的见过很多人，也和很多人聊过，那个人吧……有点……”她犹豫了片刻，“……奇怪。”

“是有点。因为有和妻子的回忆就不卖房子。”

“真是因为这个，还是有别的原因？谁知道呢……”

她说着，脸上露出了忧郁的神色。赵世俊玩味地看着她，有些人对别人流露出的忧郁和负面情绪十分敏感。他观察别人时也会有很强的第六感，没想到能在一家房地产中介里碰到自己的同类。赵世俊关上了门，望着她说：“您是说，还有其他的原因？”

金贤珠被问得眉头一皱：“我也不清楚。他有点像我小时候见过的一个叔叔，他住在我家顶层加盖的阁楼上。”

“您是说……”赵世俊一脸迷惑。

她的表情凝重起来，继续说道：“那个叔叔成天穿着一件运动背心，在路上骂路过的人，还向路人吐口水、扔瓶子。他骂女孩子的那些话，我甚至都开不了口复述。”

赵世俊心想，这话说得越来越奇怪了，但他还是静静地听了下去。

金贤珠刚把眼镜戴上，现在又摘了下来。

“后来那个人搬家了。房东阿姨上去做清洁，结果吓了个半死。”

“怎么了？”

“他用捕兽夹抓了好多流浪猫和鸽子，很残忍地……”

她说不下去了，但赵世俊立刻明白了是怎么回事。他一时不知该作何反应才好，只得呆呆地看着对方。

金贤珠又犹豫了一下，才开口道：“那家的房主，就给我那个叔叔的感觉。”

“这……不至于吧……”

金贤珠低下了头：“阁楼上那个叔叔真正的可怕之处，是他的眼神——不像人，倒像是动物。那个房主的眼神，也是那样的。男人看不懂，但我能看出来。所以您最好别试图去接近他。”

这一番话完全在赵世俊的意料之外。他只好含糊其词地应道：“好，我知道了。”

开门出去的时候，挂在门上的铃铛又是一阵响。他沿着大路走了下去。今天确定了吴家的位置，他对成果甚是满意，决定打道回府。正往地铁站走着，手机提示收到新邮件。刘明愚给他发了另一名嫌疑人的资料。

“这是玩游戏吗，刚过了一关，就又来了一个新任务？”

不过，刘明愚并没有很明确地告诉他必须在某个截止时间前办完某件事。回家路上，赵世俊打开手机前置镜头，按下了录像键。

“现在，我正在回家的路上，千头万绪，脑袋里很乱。我偶然在路上碰见了那个人，他看上去只是个带孩子生活的平凡父亲。可我知道，平凡的外表下也可能藏着巨大的恶。”

赵世俊自觉这段词说得不错，不由得笑了一下。他走到已经熄灭了灯火的宠物医院前，接着说起了剩下的解说词。

“今天我去探访了第一个嫌疑人的家。一切都极为平凡普通，但周围的人告诉我，那是一个怪人。还有，就算出比市场价更高的价买他的房子，他也绝对不卖。他家里藏着什么秘密呢？”

顿了一顿，赵世俊把视频拍摄给关了。他面带满足，今天最大的收获，就是知道了那个人很固执地不想卖房。显然，他家里有和犯罪相关的证据，又或者堆满了古旧书。

“真是疯子……”

他没有说出口的是：两个都是。当事人刘明愚追凶十五年，甚至想出了开书店这么一个异想天开的方法，只为了引诱猎手上门，还请他去找猎手，如此决绝，毫不动摇。而他自己呢？简直就是棋盘上的一枚棋子。

“我好像被卷进了一件非常复杂的事……”

然而，刘明愚给出的条件，实在是甜蜜诱人，他无法拒绝。他越想越乱，挠了挠头，忽然感到脑后有一种未知的灼热感。他回过头来，却没看见任何人。

“怎么回事？”

他继续向前走，但依旧无法抹去心头的那阵寒意。为了确定是谁在跟着他，他在公交车站停了下来。装作看车来没来，他仔细地观察了一下身后，只看到和同伴大声谈笑的老阿姨、低头看手机的男学生、叼着烟的大叔，遍寻不着那道监视他的目光。

“我看错了？”

他想自己是不是太敏感了，刚想迈步往地铁站走，就感觉有什么东西唰的一下消失在了鸡排店旁边的巷子里。赵世俊小心翼翼地往那边探了过去。鸡排店旁的巷子里开着一家理发店和一家炒年糕店，一个孩子正慢慢地往巷子深处走去。

“是看错了吧。”

他晃晃脑袋，正要转身离开，孩子忽然停步，转头悄悄往他这边看过来。这个动作非常突兀，很难解释为走错路或者在等人。虽然只看到了背影，他还是觉得这孩子有点眼熟。

“是谁呢？”

赵世俊自语着，刚往前迈了一步，小孩就猛地跑进了旁边的巷子里。他连忙追了过去，孩子却已经消失不见了。赵世俊心存犹疑，但也找不到可疑之处，只能带着这份怀疑走出巷子。穿过行色匆匆的人群，他来到地铁站，乘上了扶梯。上行扶梯上有不少人，往上走到一半的时候，赵世俊忽然又有了刚才那种感觉。他回过头去，眼前是面无表情排成一列的人。他找不到不对劲的地方，但那灼热的感觉并未消失。

“到底是什么！”

赵世俊烦躁地嘟囔了一句，往进站口走去。进站口上面的电子屏正好显示开往他家方向的列车到了。

“哎呀，赶不上了！”

赵世俊赶紧跑下台阶，慌忙中仿佛和谁擦肩而过，那个人一直在台阶上俯视着他。他紧赶慢赶，终于在车门关闭前跑进了车厢。抓着扶手柱，赵世俊喘了半天气，这才抬起头。一瞬间，他全身汗毛都竖起来了——刚才看着他的不是别人，正是吴亨植！

“是巧合吗？”

他抓着柱子，自言自语着。旁边站着的男学生正在看手机，缩了缩身子，给他腾出了一点地方。他细细想着，这可能只是一个巧合吗？也许，吴亨植只是碰巧在这个时候来到了地铁站，也许只是看他跑得那么急，有些惊讶，所以才盯着他看。可他很快就垂下了头，怎么想都不可能是巧合。

“他看着我，是想知道我是谁。”他喃喃着，答案是肯定的。

刚才给他腾出空儿的学生似乎听到了，干咳了一声。第一次打照面的时候，吴亨植好像是和儿子去买了什么东西，正往家走。但他这会儿突然又在地铁站里冒了出来，如果只是等人或者要在车站买东西，他不会出现在站内的台阶上。

“也就是说……他知道我在秘密调查他了。”

吴亨植不认识他，这是他的一道防线，这回可算是被一举攻破了。赵世俊心烦意乱，一拳捶在了扶手柱上。男学生见他这样，摇了摇头，走去了旁边车厢。这一拳的反作用力震得他的手生疼，他抖了抖手，歪着头望向窗外。

“他是怎么盯上我的？”

在公交车站的时候，明明没看见吴亨植。

“有人替他跟着我？”

他立刻想到了鸡排店巷子里那个孩子突兀的背影。

“这该死的家伙，让儿子来盯我的梢！”

他原以为孩子进屋的时候回过头来，并没有发现他，原来还是发现了。赵世俊咂了咂舌头，无声地望着车窗外一闪而过的风景。这事好像没那么容易应付，他想着，恐惧和刺激同时涌上心头。

“这些内容好好整理一下放在网站上，一定会有好多人看。”

他决定回家后先理清思路，想想接下来要怎么拍摄才好。这时刚好有了一个空位，赵世俊便坐了下来。

往家走的路上，赵世俊好几次回头看有没有人盯梢。他确定了吴亨植没有跟回来，进家门时也比平常更仔细地确定门锁好了。坐下来缓了一口气，赵世俊从冰箱里拿出来一罐咖啡，喝了一口。回到房间里，他给刘明愚写了一篇简短的报告。

—— 探访嫌疑人之一“老爸”的居住地……

内容写得比较详细，但他没写吴亨植的儿子跟踪了他，也没写坐地铁的时候和吴亨植打了照面。他想了一下，还是担心刘明愚会因为他身份暴露，把这活儿交给上次说的那个侦探。

“过几天得再去一次。”

赵世俊把拍到的照片也一起发给了刘明愚。他瘫坐在椅子上，看着屏幕，对自己说："他儿子又是怎么回事？"

据刘明愚所说，吴亨植一直在家暴孩子，他儿子应该处于非常被动的位置才对。可这孩子竟然替他爸爸来盯梢，看起来反而是在帮吴亨植。

"难不成是斯德哥尔摩综合征？"

这孩子究竟是一个站到了施暴者一边的受害人，还是被虐待他的父亲精神控制了，全都不得而知。不过，对于判断吴亨植是不是猎手，这是关键所在。赵世俊整理思路，列出了几项需要进行的调查，然后把在吴家拍到的照片在电脑上打开。

"猎手这十五年里做了什么？"

十五年前，他杀害了刘明愚的妻子和女儿，这次又不请自来。他杀了两个，不对，算上那个旧书店老板，一共三个人。他之后的生活是怎样的呢？赵世俊想起刘明愚告诉他，十五年来猎手都没有停止他的狩猎。刚才在开峰洞的巷子里打了照面的人，也许是一个柳永哲、郑南奎或是李春在[26]那样的变态连环杀人狂。想到这里，他心里有了结论。

"这人可绝不普通。"

他也许一直在悄无声息地杀人。他绑架受害者，杀

[26] 李春在（1963－ ），韩国连环杀手，于1986年至1991年间在京畿道水原华城一带杀害妇女十人。"华城连环杀人案"曾是韩国史上三大悬案之一。2019年韩国警方公开李春在为该案犯罪嫌疑人，2020年完成了再度调查。

害他们，再处理掉尸体。联想到猎手曾经来过记忆书店，赵世俊同意刘明愚的看法。

“嫌疑人的范围可以缩小了。”

与人们的想象不同，处理尸体绝不是一件简单的事。毕竟是几十公斤的骨与肉，还有头发这种很难处理干净的东西。同时，大量血液处理起来也很困难。当然，也可以神不知鬼不觉地埋到山里或者烧掉。可尸体一旦被发现，凶手很容易引麻烦上身。因为最后和死者在一起的人，极可能就是凶手。所以，为了不被人发现，凶手必须在他自己的安全空间里处理尸体。20 世纪 90 年代震惊韩国的“至尊派”[27] 为此还在杀人后建设了一个秘密基地。按今天的观察，吴亨植家是一栋洋房，相对而言空间比较充裕，还有个半地下室，这意味着他有地方处理被害人的尸体。

“所以他不想卖房。”

就像房地产中介金贤珠说的，那里确实有个可疑的角落。

“先弄清楚这个吧。

如果他现在的推测为真，那么调查就可以进入下一个阶段了。赵世俊理清了关于第一个猎手候选人“老爸”

---

[27] 七名凶手自称“至尊派”，于 1993 年至 1994 年间团伙作案，连续杀害五人，此案被称为“至尊派杀人事件”。

的思路，打开了刘明愚发来的第二封邮件。

“嫌疑人‘黎明’……”

刘明愚选出的另一个猎手嫌疑人“黎明”住在新林那边。第二天上午，赵世俊在地铁新林站下车，换乘公交车，坐了很久才到了那人的住处附近。通往他家的坡道入口处，开着一家卖马卡龙和咖啡的书吧，楼上是个网吧。经过高高飘扬的广告横幅，赵世俊爬上了陡坡。刚一走进小巷，蹲在围墙上的流浪猫就向这个陌生的闯入者投来了懒洋洋的目光。刘明愚圈定的另一个嫌疑人金黎明就住在巷子中段的联排住宅里。他的房间号是字母 B 打头，显然是间半地下室。沿着弯弯曲曲的巷子往里走，好几栋老旧的住宅楼映入眼帘。这些楼都是差不多同一个时期盖的，长得大同小异。好在有门牌号，他找到了金黎明住的那栋。刘明愚说，这个人看起来对书毫无兴趣，而且体形比想象中变化更大，所以是猎手的可能性不高。但赵世俊并没有被这种想法局限住。他运营了很久专讲犯罪故事的频道，深知一个人的外貌和是否犯罪其实没有多大的关联。有人说看相也是一种科学，这纯属无稽之谈。

“那些杀人犯不也长得挺好的……”

如果你住在柳永哲这样的连环杀人狂隔壁，你眼里的他也不过是个普普通通的邻居。恶魔只在人心，表面上不会显露出来。又或者如刘明愚所言，黑暗与否，看脸是看不出来的。他想着，已经走到了金黎明家的楼门口。这栋楼没什么特别的，玻璃大门上贴了一张纸，上面写着“请勿张贴传单”。他环视了一圈，推开玻璃门进了楼。下到半地下室那层，只有门对门的两个房间。右边的是 B101 号，赵世俊打量着：门是浅灰色的，上面安着一个红色的密码锁，门后面就是猎手嫌疑人之一金黎明生活的地方。他观察了一下四周，没发现有什么不对劲的地方。

“这地方看起来没有能干坏事的地方啊……”

昨天去的吴亨植家是带半地下室的宽敞洋房，和周边也有一定的距离。但是金黎明就住在这么拥挤的一栋楼里，他烤条鱼隔壁都能闻见。

“不过他的犯罪基地也可能在别处……”

赵世俊看着这扇门喃喃自语着，他生怕再和“黎明”打照面，赶紧爬上一楼，离开了这栋建筑。刘明愚的邮件里还写了金黎明经常去的地方，其中一处就是那个书吧二楼的网吧。

“反正就在回去的路上，去看一眼吧。”

经过来时的那条巷子，围墙上的猫一直盯着他看。赵世俊下了坡道，走进路边书吧二层的那家网吧。大白天，这里生意很是萧条。前台满满堆着小零食，一个戴眼镜的男兼职生干巴巴地说了句“欢迎光临”。

赵世俊笑了笑:“我来找人，就进去看一眼他在不在，坐一会儿。”

兼职生说知道了。赵世俊缓缓打量着网吧里的人。都是些男客人，戴着耳机，面无表情地盯着显示器，看起来几乎一模一样。看了一圈，在他几乎想要放弃的时候，他发现金黎明就坐在网吧最里面的隐蔽位置上。如果贸然接近，恐怕会被他发现，引起怀疑。赵世俊选了个对角线上能观察他的地方坐下，打开了电脑。他摆好随身带的迷你三脚架，固定住手机。确定周围没人之后，赵世俊按下了录像键，书接上回似的说了起来。

“大家好啊。我正在追踪一个嫌疑人，他也很可能是十五年前的连环杀人狂。他就在这家网吧里，坐在能看见我的地方。表面上看起来，他是一个极为普通的邻居大叔，只是不知道他的心里是不是沉睡着一个恶魔。”

赵世俊如同耳语般轻声说着。他看见金黎明正在投入地打游戏，就稍稍举高了一点三脚架去拍他。他提心吊胆，生怕被发现，所幸对方并未察觉，他如愿拍到了。赵世俊松了一口气，把手机从三角架上取下来，那个戴眼镜的兼职生突然走了过来。赵世俊吓了一跳，莫不是被发现了？正自慌神，兼职生却从他眼前走了过去，停在了金黎明身旁。

“先生！您怎么老看这些奇奇怪怪的东西？”

兼职生的声音很有穿透力，在这家窗户紧闭、灯光幽暗的网吧里，每个人都能听得清清楚楚。金黎明也听见了，他摘下了耳机。

“我看什么了！也没出声，你怎么老找我的麻烦？”

“我们老板上次不是说了吗？我们这儿不能看色情内容。”

“我后面就是墙，又没别人。”

金黎明提高了声音，指了指身后的墙。兼职生双手叉腰，低头对他说：“你知道我们收到多少次投诉了吗？当着初中女生的面把手伸进裤裆里，开大音量打扰旁边的客人，这可不止一次两次了！”

“可恶，我有什么错！”

“不收你钱了，请离开我们店，现在马上。”

“我花了钱，凭什么赶我走！”

“我们老板马上就到，他说如果他到了你还在的话，他就报警。”

一听“报警”二字，刚才还气焰嚣张的金黎明气势立刻弱了下去。他连声说着“对不起”，起身离开了座位。见他连滚带爬地离开了，兼职生像是已经忍到了极限，给网吧老板打了个电话，说金黎明已经出去了。他抱怨了一通，挂了电话就要回前台。赵世俊装作非常好奇的样子问他:“为什么要赶那个人走啊?”

兼职生皱着眉，挠了挠后脑勺:“别提了，他每天都来，净看那些奇奇怪怪的东西，太烦了。”

“什么叫奇奇怪怪的东西?”

“色情片，一直看，他也看不腻。”

“这人怎么这么大的胆子，在网吧看这个?”

“不懂, 真是……好多人投诉, 但无论说什么, 他就是死性不改。有好几个兼职生因为忍不了他辞职不干了。”

“哎哟，这人可真够过分的。”赵世俊连连咋舌，随声附和着。

兼职生又说:“那人还有个特别不好的传闻。”

“什么传闻?”

“电子脚镣。都说他戴着电子脚镣呢。”

赵世俊皱起了眉头。这些年来，猎手都是神不知鬼不觉地杀人。所以他应该不至于犯事导致戴上电子脚镣,也应该不至于在网吧看色情片引来别人的注意。不过, 在亲自把事情弄清楚之前, 他不想轻易下结论。兼职生嘟囔了几句就回了前台，赵世俊要是跟着起身，多少有些尴尬，就又坐了一会儿。正好刘明愚发来了新邮件，给了他第三个猎手嫌疑人木匠金盛坤的资料和个人信息。赵世俊用鼠标点开邮件，这个木匠金盛坤是三个人里看起来最像猎手的。

“毕竟木匠用刀……”

赵世俊思考了一下，又拿出三脚架，架上手机开始录像。

“大多数人都畏惧鲜血和死亡。因为它们既不熟悉，也不美好。从小我们就从各个方面接收这样的信息，受到这样的教育。但也有一小部分精神变态者，或者更进一步，变态杀人狂，并不畏惧杀戮和死亡。你知道这是为什么吗？”

赵世俊顿了顿，对着镜头做了个手势，继续说了下去。

“因为那是别人的事。‘我’感受不到痛苦，‘我’也没有受到伤害。所以他们会去杀人犯罪。他们觉得有意思，还能搞到钱。最重要的是，看着受害人的恐惧，他们会觉得那是人生最大的快乐。各位……”

赵世俊紧紧地咬着下唇，盯着镜头。

“连环杀人狂就是披着人皮的恶魔。我们唯一能做的，只有提前发现他们，躲开他们。当然了，他们脑袋上并没有真的长角。”

再继续说下去，估计会引来异样的眼光。赵世俊关上手机录像，离开了网吧。被赶出去的金黎明去了哪里？他想着。

“直接回家了？”

他沿着刚下来的坡道走了上去，这次没碰见刚才那只流浪猫。正是日落时分，路灯一盏盏亮起。巷子里已经很暗了，他又来到了金黎明住的那栋楼前，停下了脚步。他看了看四周，从包里掏出稳定器，把手机固定上去。

“101 号应该也是在右边吧？”

也许这栋楼年代太早，一层没有停车位，楼前只有一块能停一辆车的空地，正对着空地的楼体上没有窗户。他绕到楼右侧 101 号附近，低处有一扇窗，封着绿色的铁栏杆，应该是半地下室的窗户，明亮的灯光自其内流泻而出。靠近窗口，低头就能看见金黎明的背影。赵世俊紧紧贴在外墙上，小心地探头窥探窗内。里面是个房间，金黎明背对着窗户坐在椅子上，正在玩电脑。赵世俊想看得更真切些，就往前探了探脚。结果地上积的尘土太厚，和鞋底摩擦出了声。窗户是开着的，赵世俊很怕被金黎明听到。但就像刚才在网吧里那样，金黎明戴着耳机，毫无反应。他穿着白色运动背心、条纹平角短裤，目不转睛地盯着屏幕。赵世俊拍了一会儿金黎明，发现他身后的墙上好像贴了什么东西，于是转动手机，朝那个方向拍了几张照片。他又往旁边蹭了几步，拍到了金黎明的屏幕。金黎明好像听到了脚步声，突然回过头来，却被耳机线缠住了，就没往赵世俊这边看。趁着他摘耳机，赵世俊连忙紧贴到墙上。金黎明来到窗边，赵世俊甚至能听到他的呼吸声。幸亏赵世俊站的位置是个从里往外看的死角，金黎明关上了窗户。

赵世俊重新回到巷子里，他把手机从稳定器上拆下来，来回踱着步子。巷子口进来一辆车，前照灯打过来一道强光。他侧身让车过去，加快脚步离开了这个是非之地。坐公交车到了地铁站，正好车来了，他跳上地铁直接回了家。一路上他思索着：金黎明的家很小，行事又完全不谨慎，是猎手的可能性不高；万一他还有个什么“秘密基地”，那又是另一回事了；这一切也都有可能是金黎明设下的陷阱，他故意做这些令人侧目的举动，就是为了让来调查的人觉得他不是猎手……赵世俊越想越乱，将头靠在了扶手柱上。

“还得再整理一下资料，好好想想怎么理清头绪。”

他长长叹了一口气，闭上了眼睛，列车哐当作响地前行着。到家以后，赵世俊径直打开了电脑。他仔细读着刘明愚的邮件，里面是最后一个猎手嫌疑人金盛坤的信息。他在天安开了一家木工工坊，还在线上线下同时做古旧书相关知识的讲座。

“好吧，去天安之前得先听听他的讲座。”

赵世俊点开链接，找到了近期讲座信息。

“两天后在光化门的书吧……”

他提交了参加活动的申请，犹豫了一下是不是要先睡个觉，最终为了保险起见，先把刚才在金黎明房间拍到的照片存到了电脑硬盘里。他逐张翻看着，一开始还漫不经心，看着看着，表情越来越凝重。看到最后拍到的电脑屏幕时，赵世俊不由得腾地从椅子上跳了起来。他在房间里转了几圈，再三思量后，坐回去给刘明愚发了一封邮件，说明天想见个面。刘明愚立刻回了信，让他明天下午过去。

7

嫌疑人们

刘明愚正在看书，赵世俊准时来到了记忆书店。刘明愚很高兴地迎接了他。

“快请进。”

“谢谢您百忙中还抽时间和我见一面。”

“如你所见，现在也没什么客人。”

“到昨天为止，我已经调查了吴亨植和金黎明，看起来金黎明是凶手的可能性不大。”

“他来店里的时候我也这么觉得，不过……”刘明愚看着他，像是等着赵世俊再具体解释一下。

赵世俊的目光落在了满架的书上：“他做了太多刻意引人注意的事。住在拥挤居民楼半地下室的小房间里，应该很不适合处理尸体吧？周围那么多人看着呢。说不准他在别的地方还另有秘密基地。”

“这个需要进一步的调查。”

“第一次在网吧里看见他的时候，我觉得他就是个变态。”

刘明愚忽然问道：“依你这么说，是又找到了什么别的线索吗？”

“您还是先看看这些照片吧。”

赵世俊从包里掏出平板电脑，点亮屏幕递了过去。刘明愚双手接了，赵世俊一边观察着他的表情一边说：“他住的那间半地下室里，墙上贴的都是刘教授您的照片。您去电视台的路上、您在拍摄现场……都是远距离偷拍。这里面还有一张高层公寓，是不是您的住处？”

“前不久我还住在那里，为了开书店已经把那套房卖了。”

“您见到他的时候什么感觉？”

刘明愚回忆起那天的情景，皱起了眉头：“他说他和我一样，曾经去法国留过学。还有，他对书不感兴趣。”

“他应该是跟踪偷窥您很久了，现在直接找上门了。”

刘明愚浏览着照片，低着头说：“虽然不像偶像组合有‘私生’粉丝，其实我也遇到过好几个跟踪狂了。既然要上电视抛头露面，就必须得忍受这种事。”

“你看看后面几张，问题更大。”

听赵世俊这么说，刘明愚往后滑了几张，露出了惊讶的表情。

“这是什么？”

“金黎明当时正在看的电脑屏幕。我没想特意去拍，意外角度合适拍到了。”

“这人确实不正常，这是虐杀电影？”刘明愚问道。

赵世俊点点头：“对，几年前‘暗网’不是引起过很大争论吗？那上面就可以看这种片子。”

“真是‘变态’二字都不足以形容他了。”

赵世俊接过平板：“看到这个我吓了一大跳，感觉他也有可能是猎手。”

“他有可能是猎手？”

“杀人也好，做其他坏事也好，总归他这十五年过的应该不是正常人的日子。他可能一直在杀戮，也可能做别的去填平他的欲壑。”

刘明愚一脸的不能理解：“因为他沉迷于暗网？”

“利用暗网做些什么勾当，是可以挣钱的。他要一直杀人，也需要钱。毕竟他得生活，还得处理尸体。”

听了赵世俊的解释，刘明愚的表情变得很复杂。

“我倒没想到这个……”

“还是先观察观察他再说吧。”

赵世俊把平板电脑放回包里，又说：“吴亨植也有值得怀疑的地方。”

“那个和儿子一起来的客人？”

“就是他。”

“为什么这么想？”

“首先，他的家很可疑。”

“你是说他的住处？”

“对，他家是小洋房，带个大院子。他和儿子一起住。我去附近的房地产中介问过了，说那个人坚决不卖房。金黎明虽然也很可疑，但是他家太小了，没有地方处理尸体。”

“光凭这个就下结论是不是有点说不过去？”

“附近的人对他印象也很不好。这个人好像隐藏着秘密，又或者正试图去隐藏什么。”赵世俊抱着双臂，表情严肃，“还得对他进行进一步的调查。”

“不过我刚才发现了一件很有趣的事。”

“什么事？”

刘明愚拿起别在轮椅把手上的手机给他看：“户籍登记上只有吴亨植一个人的名字。”

“啊，他不是和儿子一起生活吗？”

“他们俩也是一起来的书店，但正式记录里吴亨植是独居。这意味着有两种可能：要么那孩子是他的亲生儿子，但没做人口出生登记；要么那是他从孤儿院领养的孩子，他没把孩子添到自己户口上。”

“也就是说，如果小孩突然消失了，法律对他没有任何办法。”

刘明愚放好手机，说道：“当然，周围那么多人都看到过他们俩同进同出。如果吴亨植带着儿子一起离开，远离周围人群的视线，那么就算孩子人间蒸发了，也不会有任何人发现。”

“可小孩到了年龄没入学，不是会有人来调查吗？”

“我知道。”

“不过……如果吴亨植的儿子完全没有户籍记录，那就根本不会成为调查对象……”赵世俊意识到了事情的严重性，叹了口气，“必须在坏事发生前就阻止它！”

“很遗憾，我们现在没有任何办法。我给他打了电话，请他再来一次店里，也许他觉得苗头不对，借口有事说不来了。”

“他有什么借口？”

“他说明天得去一趟江南 Coex 购物中心的星空图书馆，那边要举行安徒生主题的展览和讲座，他要去看。”

赵世俊听了沉思片刻，才开口道：“那我也去看看。讲座是几点？”

“下午四点开始。你想好怎么揭露他的真面目了吗？”

“容我再想想。这人非常敏感易怒，我怕把他给惹毛了。”赵世俊摸了摸下巴，“如果能以虐待儿童的罪名先把他逮起来，就有机会好好搜查一下他家了。”

“这也是个办法。”

“在他家里翻翻，肯定会找到线索的。”

“明天我先去星空图书馆盯一下吴亨植，然后再去光化门那边的一个书吧。金盛坤在那边有个讲座，是个可以观察他的好机会。后天嘛，我打算去金盛坤家看看。”

“他的工坊在天安车站附近，他就在紧挨着工坊的平房里生活。”

“嗯，我已经确认过他的住址了。”

“那就拜托你了。”

赵世俊点了点头。

转过天来，赵世俊掐着点儿往星空图书馆赶。在购物中心里走了一阵，几座巨型的书架出现在眼前，他停下了脚步。星空图书馆占地面积很大，宛如一个小广场，分为上下两层，有扶梯相连，巨型书架占满了两层楼高的空间。馆内的灯光布置得刚刚好，使得这样的巨物并未给人带来压迫感，反而让人感觉亲近。赵世俊横穿过整个图书馆，搜寻着吴氏父子。宽敞的空间里散落着可以供人读书休憩的桌子。为了办展览，馆内还临时增设了许多玻璃展示柜。玻璃柜里放着按年份整理好的各版安徒生童话集，下面贴着说明的小字。展览看上去挺有意思的，但赵世俊另有任务在身。他佯装看展，观察着周围情况。

扶梯旁边有个矮矮的舞台，估计是讲座的场地，旁边还摆着不少椅子。椅子旁拉了条宣传横幅，要来做讲座的是安徒生童话的专业研究者兼译者。

“他说他是来听讲座的吧？”

赵世俊发现了那父子二人的背影。吴亨植牵着儿子的手站在那里，正在和挂着名牌的中年男人聊天。赵世俊知道对方看到过自己的脸，于是避开吴亨植，小心翼翼地接近他们。吴亨植的儿子抓着父亲的手，似乎有所觉察，转过头来。赵世俊吓得整个人都僵住了，幸亏有人正好从他面前经过挡住了他，让他将将来得及背过身去。他顺着原路往回走，躲到一根柱子背后，这才缓了一口气。

“好险，差点被发现。”

讲座马上就要开始了，人们三三两两地聚拢过来。赵世俊想到了一个能避开吴亨植儿子的好办法。他从包里掏出稳定器，安上手机，镇定自若地往讲座会场那边走去，手机正好遮住了他的脸。舞台前的椅子上半数都有人了，还有人陆续找位子坐下。如他所料，吴亨植和他儿子紧挨着坐在了第一排。一位拿话筒的中年女士站在他们面前，宣布讲座开始。

“大家好，本次安徒生童话展附设的特别讲座‘谁是安徒生？’马上就要开始了，欢迎有兴趣的读者与我们共聚一堂。韩国顶尖的安徒生研究者宋畅希老师将为大家带来精彩的讲演。”

女士又说了几遍讲座信息。赵世俊装作在拍视频，环顾四周。好在那孩子一直看着舞台，应该是吴亨植让他集中注意力，不要东张西望。赵世俊看着他们，微微笑了笑。他走到舞台侧面，中年女士正在那里盯着台上讲座的进行。

“您有什么事儿？”

“我是个视频博主，主要做图书相关的内容，能做个采访吗？”

“没问题，讲座结束后您来吧。”中年女士听得眼睛一亮。

赵世俊又说：“在采访主讲人之前，我能采访一下听众吗？这是我做节目的习惯。”

“这没关系，不过我也不认识今天到场的听众啊。”

“没事儿，您只要待会儿和大家说我想采访就行了。”

“那没问题。”

见对方答应了，赵世俊用下巴指了指吴氏父子那边。

“我刚才看见有一位父亲带着小朋友一起坐在第一排。”

“啊，您说的是他们啊。他们早早就来了，还和宋老师聊了一会儿呢。现在这样的父亲不多见了。”

赵世俊点头称是，又指了指舞台另一侧扶梯旁的书架。

“我就在书架后面等，讲座结束后请您让他们去那边找我。之后我还想采访一下主讲人。”

“没问题。”

“多谢您了。”

赵世俊道了谢，就慢慢往扶梯边的书架走去。书架正好在拐角处，方便避开众人耳目。万一苗头不对，也方便大喊求助。他站在书架背后，讲座的声音通过话筒被扩大，这里也听得见。终于听到了“谢谢大家”，掌声响起。赵世俊探头一看，讲座结束了，观众都在鼓掌，坐在第一排的吴亨植鼓得最欢。

赵世俊喃喃道：“他还真是戴了好一张假面具。”

儿子也是他假面具的一部分，所以他到哪儿都带着儿子。他用为人父的面目示人，就可以掩饰他内里的真相。这个人还不知道有人在暗中观察着他，依旧热烈地鼓着掌。负责现场的中年女士走到他旁边，向他一指赵世俊所在的方向。赵世俊连忙躲到书架后，他想着，万一出了事，手机稳定器可以当棍子用，还试着挥了两下练了练。耳边响起了脚步声，赵世俊举着稳定器，用手机挡着脸。他一开始还没听出来是吴氏父子，意识到两人已经到了面前，他的表情凝重起来。

他镇定自若地打了个招呼：“很高兴见到您，我是视频博主赵世俊。”

他装作不认识两人的样子搭了话，吴亨植站在镜头面前，表情多少有点不自然。见他还紧紧拉着儿子的手，赵世俊把手机贴近了一些，问道:“亲子关系可真好啊。您对图书很感兴趣吧?”

“当然，不然今天也不会来参加活动了。”

“是吗? 您家的院子也挺宽敞呢。”

赵世俊冷不丁地提起他家来，吴亨植的眼神立刻变了，沉着脸问:“您是哪位?”

赵世俊晃了晃手里的稳定器:“这儿可有这么多人看着呢。”

“我问你是谁!”

“我也是爱书之人，所以想采访您一下。”

“就是你在暗中窥探我们家，我就知道!”

“那怎么能是窥探呢，我是想买房，所以回去看了看。你也太以自我为中心了吧。”

“我和你这种油嘴滑舌的人没什么话好说。”

吴亨植的话中已经充满了火药味，他刚要转身，赵世俊就抛出了酝酿许久的那句话:“您不想知道我是怎么发现自己被跟踪的吗?”

不出所料，吴亨植果然停了下来。赵世俊看向被他拉在手里的孩子，吴亨植皱起了眉头:“别和我耍滑头!”

“令郎可都告诉我了，是您让他盯我的梢。”

那孩子抓着父亲的手，一听这话，眼睛瞪得老大。赵世俊看着吴亨植，呵呵笑了起来。他又把手机靠得离对方更近了一些：“您有什么感想啊？”

“你胡说八道什么呢？”

吴亨植提高了声音，引得从扶梯上下来的人纷纷往这边看过来。众人灼人的目光让吴亨植一愣，赵世俊趁机从稳定器上拆下了手机，说道：“采访到此结束。”

吴亨植已经动了怒，但碍于路人都看着，没法动手。赵世俊心中有数，优哉游哉地溜了出来，隐约能听到身后小孩的自辩和他爸的怒吼轮番上场——他已经成功地在这对父子之间种下了矛盾和怀疑的种子。赵世俊一身轻松地向地铁站走去，一边走马观花地看着通道里的各家商店，一边回头观察身后的情况。吴亨植拉着他儿子跟了过来。一切都在他的计划之内，赵世俊慢悠悠地迈着脚步。研究吴亨植的资料时，他发现这个人最大的特点就是有“计划性”。无论是他自己，还是周围的所有人事物，都要遵从他的意志，都必须按照他的计划执行，一旦打破他这个小世界的秩序，他就完全无法忍受。他给上次去过的开峰洞房地产中介打了个电话。

“喂，您好，金经理，我上次去您那儿咨询过，就是想一起买您介绍的那家和它隔壁的那个……啊，对，他是不卖，但谁能和钱过不去呢？麻烦您帮我和房主说一下，我再多出 5000 万韩元。要是能成，后续的事我也不给您这边添麻烦。我现在方便去您那儿一趟吗？我过去得要大概两个小时吧，拜托您了。”

就像上次一样，金贤珠依然劝他算了，那个地方不对劲。但他既然愿意多出钱，那她也没有继续阻挠的道理。赵世俊挂了电话，他刚才特意提高了声音，从旁边商店的玻璃上映着的影子中，毫无意外地看到吴亨植正紧紧跟着呢，估计也听到了他打电话的内容。果然，赵世俊又走了几步，吴亨植跑了上来，一把抓住了他的肩膀。

“你到底是干什么的！”

赵世俊转过身，对上了吴亨植炽烈的目光。他轻轻一笑：“我是拍视频的啊。”

吴亨植立刻就炸了，照着他就是一拳。重重一响惊动了路人，有人尖叫起来。赵世俊倒在地上，吴亨植薅住他的领子，又连打了好几拳。

“你小子耍谁呢！”

旁边的孩子异常平静地看着眼前的一切。围观人群中有人喊快报警。赵世俊虽然被打得浑身疼，但想到事情正顺利按计划进行，他笑了。

做完笔录，赵世俊走出了警察局。停车场空荡荡的，他走向停在最里面的一辆奔驰车。确定周围没人之后，他发出了一个视频通话邀请。等了一会儿，刘明愚接了。

看到赵世俊脸上挂了彩，刘明愚吃了一惊："这是怎么了？"

"我在 Coex 被吴亨植打了。"

"他这么冲动？"

"那倒没有，是我特意招惹他来着。"

"我的天，他有可能就是猎手啊……你应该和我一样，知道这人有多危险吧？"

赵世俊却对惊讶的刘明愚露出了"没什么大不了"的表情。

"周围好多人看着呢。他当着那么多人的面打我，这不就被警察抓走了嘛。"

"原来是想用这个来换取调查时间……"刘明愚一眼就看破了他的意图。

赵世俊苦笑道："正是此意。警察很快会再传唤他接受调查，我想趁机去他家里好好查一查，看能不能找到什么线索。"

"太危险了吧？"

"如果能找到证据，证明他就是猎手，所有的问题都会迎刃而解，就让我踩一踩法律的红线吧。"

"既然要踩红线，那我去帮你查一下他家进门的密码。”

赵世俊点点头：“警方也可能很快再找我，必须把握时间，赶紧去一趟。”

“好。你好好养伤！”

赵世俊笑着挂断视频。他坐在奔驰车里，按下了录像键。

“我这脸上看着挺惨的吧？今天我和一个疑似猎手的人打了一架。与其说是打架，不如说是我单方面挨打。打我的人已经进了局子，估计警方很快就会调查他了。大家也很快会知道我为什么会和他发生摩擦。我正在一步步接近真相。结局如何，敬请期待！”

说完，他强行扯出一个微笑。他一直忍着痛，刚按停了录像，面孔就痛苦地皱了起来。他把手机放进兜里，刚想起身，就感觉远处有什么人正在盯着他。一瞬间的惊慌后，赵世俊意识到，那是吴亨植的儿子，这才松了口气。孩子与他对视着，也不跑，就那么失魂落魄地站在原地。赵世俊坐在车里，打了个手势让他过来。孩子犹豫了一下，但还是走了过来。赵世俊让他坐到副驾上，他也乖乖地坐了。

“你怎么在警局啊，犯了什么事儿？”赵世俊半开玩笑地问孩子。

吴亨植的儿子没有回答，只是呆呆地抬头看他。

赵世俊明白过来他为什么在这儿了:“你爸让你盯着我，对吧?”

孩子依旧没有回答，只是眨了眨眼，点了点头。

见他这副模样，赵世俊侧过头问他:“你叫什么?”

“吴勇俊。”

“几岁了?”

“不知道。”

“什么?”这个回答让赵世俊很是意外，忍不住翻了个白眼。

孩子低头看着地面，叹了一口气。

“爸爸说年龄不重要。”

“那他说什么重要?”

“信任。”

又是一个意料之外的答案。赵世俊做了个深呼吸，对孩子说:“你叫勇俊是吧?”

孩子还是点点头。赵世俊弯下腰来，与孩子平视。

“每个人都要知道自己的年龄，这样才能去上学。”

“学校教的都是乱七八糟的东西，不能去上学。”

“谁说的，你爸?”

“嗯。”

“那你觉得呢?”

“我……觉得?”

赵世俊点点头："对，你觉得。你觉得你不需要知道自己多大，不需要去上学吗？"

孩子无声地眨了眨眼睛，望着赵世俊："我不知道。"

"我倒觉得你不像不知道。"

赵世俊伸直了腰，看了看周围，又问："他让你盯着我，你应该偷偷地藏起来，为什么站在我面前？"

"因为我想知道，叔叔你为什么会出现在我们面前。"

"因为我想知道，你爸到底藏了什么秘密。"

"爸爸说，这个世界很危险，我们俩要互相帮助，互相保护。"

"在我看来嘛……"赵世俊望着孩子，忽然伸手揪着孩子的衣领把他拽到近前，孩子的小脸皱作一团。

"疼……"

"我拽你一下就疼，还是碰到哪儿了？"

果然，后颈下方有一块瘀青。孩子都快要哭了，往旁边缩了缩。

赵世俊又说："看来两个都是啊。你爸是干什么的？"

"侍奉神。"

听孩子这么说，赵世俊想了想，喃喃自语道："神和猎手？很不搭啊……"

"什么？"

赵世俊摇摇头："没什么。他侍奉什么神？"

“天。”

孩子就回答了一个字，抬头望着天空。赵世俊也抬起头，天空湛蓝，飘着几缕棉絮似的白云。

他又低头问孩子：“侍奉‘天’，不是上帝，不是佛陀？”

“爸爸说那都是假的。”孩子一脸固执地回答。

赵世俊不由得哀叹出声：“哎哟，我的天……”

看来他们信的还不是个什么正经宗教，这实在不符合猎手的形象。赵世俊无言，陷入了沉思。

孩子突然开了口：“求您救救我！”

没想到孩子会求救，赵世俊目光闪动：“从谁的手里救你？”

“从爸爸手里……”

“不是他让你干什么你就干什么吗，为什么要救你？”

孩子双肩颤抖着：“我马上就要被送到‘本堂’去了。上星期伯伯来家里，他们说话我听见了。”

“‘本堂’在什么地方？”

“在忠清道的一条山沟里。开车出去也要一个小时才能看到人家。”

“原来他们管那个地方叫‘本堂’。”

“我不想去。”

谈话偏离向一个奇怪的方向。赵世俊深深吸了一口气，又问他：“你想让你爸被抓起来，这样你就自由了？”

孩子没法回答这个问题。赵世俊摸了摸孩子的头，说道：“你能告诉我你家里有什么吗？这样我才好帮你。”

“家里？”

“嗯，你爸在家里藏了什么吧？所以说绝不会卖房子。”

“家里……”孩子皱着眉头想了想，“什么都没有……”

“住人的地方怎么可能什么都没有呢？”

“真的。”

看着孩子的脸，赵世俊起身从车里出来。

“那咱们回见吧。”

他走出去几步，就听见孩子在后面喊道：“有一个地方，爸爸说我绝对不能进去！”

“哪儿？”赵世俊转过身，对孩子说。

“半地下室。”

“大门旁边的半地下室？”

“对，就是那儿。”

“你为什么不能进去？”

“不能问。”

“就是说，你不能有任何疑问？”

孩子抬头望天：“那是‘天’的旨意。”

“所以你根本进不去？”

“那里上了锁。”

“哪种锁，电子密码锁？”

孩子做了个转动钥匙的手势：“不是，就是一般的锁，用钥匙开的。”

“你觉得那里面有什么呢？”

孩子想了想，说道：“有神，还有死亡。”

“小孩老这么学大人说话可不好。”

赵世俊刚一皱起眉头，孩子立刻道起歉来：“对不起。我每天就是读经、念经，只学过必须要这么说话，不这么说就只能闭嘴。”

听孩子这么说，赵世俊开始想象那间紧锁的半地下室里，到底藏了什么。根据他们那个邪教的教义，他们可能绑架杀人，在那间屋子里留下痕迹，又或者里面布置的都是他们信的那些所谓的圣物……这都无从得知。

赵世俊对犹犹豫豫的孩子说道：“你说你想逃？”

孩子眨眨眼，点了点头。

“如果你能帮我一个忙，我就帮你逃跑。”

“怎么帮您？”

“下次你爸受到警方传唤，你把时间告诉我。”

“我也要和他一起去……”

“我知道。我知道你家什么时候没人就行了。”

“爸爸和警察叔叔通电话的时候我听到了，下星期他要再去一趟接受调查。”

“星期几？”

“星期三或者四，他们好像要再商量一下才能定下来。”

“和谁商量，你那个所谓的伯伯？”

“对。”

“他不会在你们家吧？”

“伯伯都是来了坐一会儿就走。他说在俗世待久了，信仰就会消失。”

“实在是可笑……你有手机吗？”

“有一部紧急联系用的手机。”

“我把我的手机号告诉你，我能去你家的时候，悄悄给我发个短信。”

“如果叔叔您在我家发现了奇怪的痕迹，爸爸是不是就会被抓起来？”

“那倒不至于。不过，如果能找到我要找的东西，你爸是会被抓起来的。你放心，不把他抓起来，我也有办法把你弄出来。”

“真的？”

孩子的声音里充满了真诚的信任。赵世俊没有回答，只是对孩子郑重地点了点头。今天接受了警察的调查，他已经很累了，脸上还一抽一抽地疼，但他还得去听金盛坤的讲座。他坐上公交车，在光化门下车，往世宗文化会馆背后走去。经过一块立着不少雕像的草坪，就进入了一条两边高楼大厦林立的街道，那家书吧的招牌出现在眼前。

“原来在地下一层。”

大厦正面的旋转门旁，还有一道狭窄的楼梯通往地下。走下旋转楼梯，映入眼帘的是一个类似天井的小小空间。透过玻璃门，可以看见里面是一家书店。赵世俊站在楼梯旁，按下了手机的录像键。

“现在，我为了参加嫌疑人之一的讲座，来到了光化门。他想告诉我们什么呢？能不能从他的讲座内容里找到他行凶的蛛丝马迹呢？我必须亲自听一听。”

推开玻璃门，通道内有块立牌，告诉来访者这里是一家书店。走进店内，他发现里面的空间比想象中要宽敞不少。四壁都满满立着直通天花板的书架，店内各处还散落着比人稍矮些的书架。入口正对面已经布置好了一个小舞台，一个头戴鸭舌帽的胡子男正坐在椅子上。舞台下面拉着一条横幅，写着“木工金盛坤的图书故事”。各色的塑料椅上坐着不少人，从他的角度只能看见一个个后脑勺。赵世俊悄悄找了一个最边上的空位子坐下来。讲座已经开始有一会儿了，金盛坤手里比画着，正在侃侃而谈。

“书是伟大的，我们通过书来分享知识。而钱和书，都不应专属于特定的某一个人。因为书本身就是为了让更多人能够阅读而被创造出来的。有些贪心的收藏家，却花大价钱买书，把它们束之高阁，只等着升值。这样的事本不该发生。”

尽管坐得有点远，赵世俊还是轻易就感受到了金盛坤的愤怒和癫狂。他像是渴了，喝了口水，继续说道：“前不久，我去了一趟某教授开的书店。这家店最近可是在舆论的风口浪尖上啊，大家知道是哪家吗？”

在他的诱导下，听众中有人低声说出了“记忆书店”的名字。金盛坤听了，露出一个嫌恶的表情，举起话筒说：“那家店自称是书店，开门迎客，但我实际一看，书要么被放在玻璃罩里，要么藏在别人看不到的地方。名义上是书店，买书人却必须预约才能进去。他用自己的财富和名声才收集到这些古旧书，结果却把它们藏得严严实实。他的所作所为，还能算得上所谓的‘知识分子’吗？”

金盛坤说得起劲儿，听众也觉得很有意思，笑了起来。等众人的笑声停下来，他继续说：“我想让他给我看看他的藏书，他大概是嫌我没钱，一味讥讽嘲弄我。说实话，当初那人作为一个知识分子开始上电视，我就很不喜欢他。只要有钱，就能以知识分子自居。正是书籍的缺失，才让世道变成这个样子。知识分子本应照亮社会，为人们引路导航。这个人却被金钱和名望蒙蔽了双眼，竟然做出让书籍不见天日的野蛮行径。”

金盛坤持续输出着他对刘明愚毫不掩饰的厌恶。舞台下的书店负责人明显有些担心，一直看着金盛坤，听众却听得津津有味。赵世俊观察着现场的情况，见金盛坤的话不停向同一个方向跑偏，他默默起身离开了座位。尽管只听了一小会儿，但已足够让他明白金盛坤的想法了。有两点确凿无疑：他爱书如狂，同时深深厌憎刘明愚。可走出书店上楼梯的时候，他又摇了摇头。

"如果他是猎手，会这样大摇大摆地出现在大庭广众中吗？"

猎手做事比任何人都更小心，他还会杀人。金盛坤与猎手的形象还是有些距离的。然而，他脑海中又闪过一个念头：猎手认为那本书是他的，他想得到那本书，那么也很有可能会是金盛坤这个样子……

"明天先去会会他，和他聊上几句就有头绪了。"

赵世俊爬上楼梯，走到了大厦外面，发现刚才晴朗的天空突然阴沉下来。这鬼天气，马上翻脸下雨也不奇怪。路上行人大概也意识到这一点，纷纷加快脚步，还有人赶紧去便利店买雨伞。赵世俊却慢悠悠地向地铁站踱去。

"明天见到金盛坤，就能弄清很多事了。"

第二天，赵世俊坐上了前往天安的列车。也许是昨天刚下过雨，今天的天空格外干净明澈。昨天听了金盛坤的一部分讲座，大概能了解他对书的态度。但赵世俊依然很想知道这些与他的现实生活有什么关联。在车上睡睡醒醒，一个多小时后，赵世俊在天安站下了车。走下台阶，来到车站广场上，两旁全都是卖核桃糕的店铺。他沿着路走下去，路过公交车站时，又把手机装在稳定器上，开始摄像。

“今天，为了会一会另一个嫌疑人，我来到了天安。从车站出发，他的工坊就在步行可以到达的地方。他会用什么样的方式度过一天呢？如果您想知道，请跟我来。”

赵世俊对着镜头故作俏皮地挤了下眼睛，结束了这段拍摄。继续沿着路走，路过了几个公交车站，离车站越来越远，路边的风景也不一样了。卖核桃糕等吃食的小店渐渐消失，取而代之的是写着零件、机械这类字样的招牌。

“气氛紧张起来了呢……”

很快，他就看见了木匠金盛坤的工坊，这是一栋看起来很像违章建筑的二层小楼。路边的白色招牌上画着一把巨大的刨子，店门口有一块能停几辆车的空地，店铺临街一面是落地玻璃。一层挂着条幅，写着短期速成木工课程的时间和学费。赵世俊停下脚步，仔细读着条幅最下面的字：2 小时体验课，赠送案板，收费 5 万韩元。

这是个有趣的机会。赵世俊轻轻摸了下鼻子，用手机拍了张工坊的照片。

“这个嫌疑人开了一家木工工坊。值得注意的是，工坊里可全都是能用来当凶器的工具。这只是巧合吗？又或者是有意为之？现在还不知道，让我们进去看看。”

赵世俊拆下手机，走进了工坊。金盛坤正在里面，他戴着黑色鸭舌帽，围着一条皮质的围裙，耳朵上别了一根铅笔。见有人进来，站在一张大桌子前的金盛坤回过头来。

“欢迎光临。”

赵世俊装作很紧张的样子，问道：“这里是木工工坊吧？”

“没错。原来是个螺丝厂，现在改了。您有什么事吗？”

“我……我想学木工。”

“那您可来对了。您想选哪个课程？”

“那个……我没多少空闲时间，想先试试体验课。”

“哦，原来如此。正好现在没什么事，您方便的话，咱们现在就开始？”

“是一对一授课吗？”

金盛坤正了正帽子，答道：“对。那边有围裙，您随便拿一条围上。”

衣架上满满挂着皮围裙，赵世俊拿了一条围上，走到金盛坤身边。金盛坤已经拿来了要用的工具，还从别在围裙上的铅笔里挑了一支递过来。

“要做案板，得先画个图样，还得选要用哪种木头。”

“木头也要选啊？”

“是的，一般就用花曲柳木、橡木、樟木这几种。”

“哪种比较好啊？”

金盛坤想了想：“那就用花曲柳吧。”

工作台旁边堆着不少木料，他去选了两块大小合适的木板拿过来。赵世俊借机观察了一下工作台周围的情况。墙上挂着各种工具，还有应该是金盛坤自己做的饭铲、案板、勺子、托盘等物。旁边是折叠桌、折叠椅、书架。店面中央的折叠桌上有一个国际象棋的棋盘，棋盘上的棋子看起来比一般的要大一些，歪歪扭扭的。

赵世俊正看着棋盘出神，金盛坤已经把木板放在了工作台上，对他说：“有的木材必须得好好晾干，不然用着用着就会变形开裂。选好木头之后，咱们就开始画样子。您想要哪种形状的案板？”

“小一点儿，能当吃饭盘子用的那种。”

“四方的，把手那儿留一个孔的，对吧。”

金盛坤取下耳朵上夹着的铅笔，在木板上不停地画了起来。趁着他画样子，赵世俊又开始打量四周。挂工具的那面墙上还有一排壁挂式书柜，里面满满当当都是书。

画好了样子，金盛坤从工作台一角搬来一台机器。

“这个是曲线锯机。操作杆下面是垂直的锯条，咱们就用它来切割木板。本来应该让你亲手试一下的，不过时间有限，就由我来代劳。在旁边看好了。”

赵世俊说了声好，歪着头看金盛坤如何锯木头。操作杆下方是一根垂直的锯条，看上去就像一根针。金盛坤把木板探出工作台的边缘，小心地按下了曲线锯机的开关。机器发出嗡嗡的响声，开始锯木头。锯条沿着铅笔画的粗线移动着，等机器停下来，木板已经变成带一个把手和四个圆角的案板形状了。

金盛坤歇了口气，把切割好的案板递给赵世俊。

“那边是冲压机，你可以试着自己钻一个孔。”

“要怎么操作啊？”

“我就在旁边呢，别紧张。”

金盛坤笑着拍了拍赵世俊的肩，把他带到一台大机器前。冲压机的操作杆是红色的，还有一个大钻头。金盛坤打开下方的开关，拉下来钻头，对准了案板把手上要打孔的位置。接着他打开操作杆旁的开关，退到机器旁边。

“握住操作杆，慢慢下压，钻头也会往下走。位置已经对好了，把钻头往下压就可以了。”

赵世俊按照他的指点向下压操作杆，钻头发出刺耳的声音，旋转着触到案板的把手。霎时间木屑四溅，钻头钻进了木头里。

“好，再慢慢地挪动木头，这样钻孔就会变大。”

金盛坤的声音夹在刺耳的钻头声里，赵世俊听了点点头。按照他说的把孔钻到了合适的大小。金盛坤关上机器，把操作杆抬起来，拿起案板递给赵世俊。

“刚才还只是块木头呢，木工好神奇啊。”

“这就是木工艺术的魅力。切分、打磨，一块木头就能大变样。接下来的步骤是打磨。那边是电动砂光机，请跟我来。”

工作台后面的砂光机和刚才看到的曲线锯机样子差不多，只是底部比较宽，看起来像是个扫地机器人。金盛坤打开开关，把要抛光的那面按进机器，立刻就响起了打磨木头的声音。他关上机器，往后退了一步。

“你试下看看。”

赵世俊听话地开始用砂光机打磨案板，直到金盛坤说差不多了他才停手。一块纹理鲜明的木头案板就完成了。赵世俊几乎忘了自己为什么来这儿，不住地感叹木工之神奇。这时，金盛坤又拿来了一个小玻璃瓶和一把小刷子。

“现在是最后一步。”

“要做什么？”

“这是专门用来刷案板的油。案板日常与食物、水接触，很容易滋生细菌。正常来说刷油需要好几周时间，要刷很多次，还得用布反复擦拭，再次抛光。不过咱们没有这么多时间，简单刷一下就行了。”

他用一块碎布把油均匀地抹在案板上，擦拭揉搓着，最后将一块光洁闪亮的案板交给了赵世俊。这个场景多少有点荒谬。整个过程中，他甚至都没有和金盛坤说上几句话。

赵世俊一边装作在欣赏案板，一边转移了话题：“您好像很喜欢书啊。”

金盛坤露出疑惑的眼神。他抬头看到工具墙上自己的那些书，咧嘴一笑：“嗨，也就那么回事。”

“我也挺喜欢书的，到您这儿一看，可真是太有意思了。”

“我头疼的时候，又或者没客人的时候，会拿几本来看看。现在没几个人喜欢书了。”

金盛坤的声音变得柔和起来，这还是赵世俊第一次听他这么说话。于是他趁机往深里探问了一句：“您以前就这么爱书吗？”

“从小就喜欢。我父母都要上班，没人陪我，我经常自己一个人。您也喜欢书？”

“算是吧，我在网上开了一个和书有关的频道。”

“哦，原来如此。您怎么知道我这儿的？”

金盛坤饶有兴味地看着他。赵世俊发现他眼神里多了什么和刚才不太一样的东西。想着走过来这一路上都有监控和行车记录仪，赵世俊给自己壮了壮胆 —— 今天坐车用的是交通卡，会留下出行记录。

“路过的时候感兴趣，就进来看看。”

“我这儿可不是那种能让你路过就想进来看看的地方。”金盛坤歪歪斜斜地站在那儿，打量着他，眼神一瞬间变得冰冷。

赵世俊确定了门的位置，答道：“其实吧，我在写一本关于木工的书，正在收集各种相关信息。”

见金盛坤依旧充满怀疑，赵世俊想要强行转换话题，就指着刚才进来的时候看见的那张棋盘问：“那也是您亲手做的吗？”

说着，他走到棋盘前，仔细端详起来。这时他才发现，这个棋盘非常奇怪，还有一个问题 —— 棋子都是人的样子！

他不太懂国际象棋，但也知道分王、后、象。但这个棋盘上放着的棋子，全都长着同一张脸，肢体动作极为痛苦。

“这是蒙克的《呐喊》？”

赵世俊回想起电视上看过的内容，一股恐惧袭上心头。

“你别碰！”

听到金盛坤的喊声，赵世俊转过头来，手一不小心扫到了棋盘，棋子丁零当啷地掉了一地，摔得七零八落。

“哎呀，对不起！”

赵世俊赶忙去捡棋子，却在看清棋子底部的小字时愣住了。像是日期，赵世俊在心中自语着：这到底是什么?

他默默研究着手里的棋子。听到金盛坤的脚步声，他回过头来。只见金盛坤背着双手来到他面前，眼中充满了凛冽的杀意，仿佛一头俯视猎物的猛兽。

“对不起对不起，我这就给您放好。”

“你，到底是谁？”

“我……我吗？”

“你实在是太奇怪了。”

“我……我就是路过……”

“监控能拍到门外面，我看见你在门口东张西望了半天，还在拍照。”

“我真的没干什么，什么都没干……”

“心虚的人都说自己什么都没干。”金盛坤讽刺道，同时亮出了背在身后的手 —— 他拿着一把粗重的锤子。一见之下，赵世俊吓得连退几步，扭身向大门跑去。但那扇玻璃门无论怎么推拉都纹丝不动。他大惊失色，不停地摇晃着门，而金盛坤已经走到了面前。

“常常有人不肯付钱，所以这扇门我不开就没人打得开。”

他从围裙口袋里掏出了一个遥控器似的东西，呵呵笑了起来。赵世俊背靠着玻璃门，慌忙掏出手机。

“你，你别过来！我，我要报警！”

“知道买下这栋房子之后，我干的第一件事是什么吗？屏蔽手机信号。”

“你说什么？”

“这东西是我从美国网购来的，贴在墙上，屋里就没信号了。”

金盛坤一点点地接近他，赵世俊避无可避，只得往二楼跑。他踩着金属台阶狂奔到楼上，金盛坤的笑声如影随形地跟了过来。雪上加霜的是，二楼的窗户都被挡住了，屋里一片漆黑。

“可恶，什么都看不见。”

赵世俊慌不择路，被像是椅子的东西绊倒在地，哑着声在黑暗中发出一声惨叫。他倒在地上，抓着自己的小腿，听着金盛坤一步步走上楼梯。不一会儿，那人模模糊糊的身影就出现在他眼前。

赵世俊发狂般把手里能抓到的所有东西都一股脑地扔向金盛坤。

“别过来！你别过来！”

金盛坤游刃有余地躲过迎面飞来的各种物品，来到他跟前。

“该死的！”

赵世俊只得蜷起身体，躲进黑暗中。他的眼睛渐渐适应了，能看出周围全都是挡板、椅子、木箱。他藏在木箱的背后，四下环顾，试图找到一个能逃走的出口。他突然想起来，自己带着一把以前在东大门买的冒牌瑞士军刀。打开折叠的刀刃，还不如小拇指长。不管怎么说，也算是个武器。他心里稍稍安定，缓了口气，想接下来该怎么办。

“先把他引到屋子里头，再趁机下到一层去……”

一层的玻璃门虽然关着，但到处都是工具，应该有办法把门弄开。他盘算着，那人的脚步声越来越近。赵世俊紧紧地蜷在木箱后面，屏住呼吸。幸好脚步声没在他的藏身之处停留，径直往里面走去。赵世俊松了一口气，战战兢兢地向楼梯方向靠近。

“只要能下楼，就……”

他在楼梯前愣住了 —— 楼梯已经被缠上了铁丝网。

看着他茫然无措的样子，背后的金盛坤开了口：“想让一个人插翅难飞，这是最好的办法。”

山穷水尽。赵世俊对着大喇喇站在面前的金盛坤吼道：“有……有好多人看见我今天来了你这儿！你不要动歪脑筋！”

“没人那么关心你。”

金盛坤从围裙口袋里掏出一双手套，戴在手上。他紧握着锤子，左右活动着脖颈。赵世俊心急如焚，瞟了一眼缠着铁丝网的楼梯。不要说衣服了，直接闯，浑身的肉都要被铁丝剐烂。

金盛坤离他只有几步远，问他：“你是干什么的？”

“警……警察……”

“去你的吧。你要是警察，早就带着搜查令来了，还用假装说想做个案板？”

“好……好……我说。刘明愚让我来的。”

“谁？哈，那个残废。他为什么让你来？”

“他……他怀疑你……”

“他这是出的哪门子的警啊？”

金盛坤哼笑一声，看着站在那里惊疑不定的赵世俊，问道：“你又是怎么掺和到这里面来的？”

赵世俊咽了口唾沫，四下张望。他背靠着墙，忽然意识到他靠着的地方并不是一堵墙，而是被挡上了的窗户。放手一搏，也许还有生路。

他对金盛坤说：“我就是觉得这是拍视频的好素材。”

“还真是不要命。前几天刚有个小蟊贼进了我家，惹得我心烦。”

金盛坤咂着嘴走过来，在赵世俊面前停下脚步。他手里依然拿着锤子，只要一下，赵世俊就要小命不保。

“可恶，我好不容易才安定下来，因为你又得漂着了。放心，不会太痛苦的。”

“我……我错了！”

赵世俊竭尽全力集中精神，藏在背后的手紧紧攥着那把瑞士军刀，竟然奇迹般地沉静下来。事已至此，除了正面突围，别无他法。他继续用一副吓破了胆的样子连声求饶，金盛坤却一言不发，一手抓住他的头发，一手举起锤子。就在这生死存亡的瞬间，赵世俊手里的瑞士军刀扎进了他的大腿根。听到衣服和血肉被刺破的声音，金盛坤一下子愣住了。

待回过神来，金盛坤怒骂着，照着赵世俊就是一锤。赵世俊低头险险避过一击，顺势抱住对方，转身把他猛地推向隔板那面墙。尽管金盛坤比他高大，但赵世俊攻其不备，没给对方反应的机会。

“你小子敢还手！”

金盛坤叫骂着一锤砸在了赵世俊背上。赵世俊吃痛，但此时容不得半点犹豫。他咬紧牙关，忍痛拼尽力气狠狠地又推了金盛坤一把。挡着窗户的隔板承受不住两个人的重量，终于碎裂开来。两人摔出窗户，掉在了隔壁小楼一层的房顶上。赵世俊强打精神，睁开双眼，只见金盛坤仰面朝天瘫在那里，不住地吐血 —— 那把瑞士军刀捅穿了他的咽喉。赵世俊躺在地上，喘息着掏出手机，按下了紧急通话。

“救……救护车，救命……”

一个星期后，赵世俊配合警方完成了调查，再度来到记忆书店门前。刘明愚说想在晚上没人的时间见个面，所以他等到书店关门后才来。刘明愚正在看书，听到门铃声，按下轮椅上的遥控，给他开了门。赵世俊脸上贴着膏药，刘明愚见到他立刻张开双臂，表示欢迎。

“这次真的辛苦你了。”

“我现在还晕乎乎的，根本不知道自己是怎么活下来的，唉。”

“你不是抓到猎手了嘛。”

“这倒是。后来警察去搜查，把他家翻了个底儿朝天。”

赵世俊说了两句话，牵动了伤处，面孔皱成一团。他揉着脸上的膏药，在书店里四下看看，问道：“您这边没什么事吧？”

“警察来找过我，不过没什么大问题。”

“那天晚上打碎后门玻璃窗的也是金盛坤？”

刘明愚摇摇头：“警察说还在调查。据说在他工坊隔壁的住处，发现了大量与杀人有关的证据。”

“是啊，听说他用刀斧分尸，然后处理尸体。不过，还是留下了很多微量物证。不仅如此，他家里还发现了不少古旧书，警察都看傻了。”

“看来他们是第一次见到爱书的杀人狂。”

“那个疯子把被害人的名字和杀人的日期都写在了棋子底部，所以他见我碰倒棋子才那么生气，一下子就露出了真面目。”赵世俊回想起当时的情景，全身鸡皮疙瘩都起来了。

“不管怎么说，幸好你没事，从杀人狂手底下逃出来了。”

“实在是侥幸。这样看来，似乎大多数被害人并没有抵抗，对他没有防备。”

“警察说，他们这回要谢谢你。”

“谢我什么？”

“韩国是一个实际上并不会执行死刑的国家，就算抓到他，也很难判他死刑。”

“我真不是有意为之，我自己再看都觉得不可思议。”

听他这么说，刘明愚开心地笑起来。他摇着轮椅回到柜台旁：“为表诚意，调查费我又多转过去了一些。”

“嗯，我已经看到转账了。”

刘明愚似乎很担心他，又说：“希望你能快点走出阴影，需要的话，我可以帮你介绍精神科的医生。”

“好的，需要的话我会向您求助的。”

刘明愚笑了笑：“不说那些了。咱俩配合得还挺有默契。”

“我也觉得。”

见他点头，刘明愚又说：“我想以后咱们也可以用这种方式继续合作。”

“我的身体和精神随时待命。”

“你要是写书或者拍视频，我也会尽我所能提供帮助。电影公司应该也对这个故事很感兴趣。”

“已经有不少人联系我了。等我缓一缓，状态好些就和他们聊聊。”

“这个话题估计还能热上一阵呢。”

刘明愚说完，陷入了沉默。两个人相对无言，又过了好一会儿，赵世俊才试探着问：“我能问问您现在心情如何吗？”

刘明愚长长舒了一口气，望着天花板说道：“十五年来，我一直等着这一刻。但一切就这么结束了，好像什么都没发生一样，毫无真实感。”

“我也有这种感觉。”

“我没能亲手了结这事，实在是太遗憾了。”

赵世俊耸了耸肩：“反正猎手已经抓到了。那您这书店要关吗？”

刘明愚略一沉思，手指轻敲："这才开张没多久，我会继续经营下去。"

"太好了，我害怕您就此关店呢。"

"我打算以后就不用预约制了，让大家随时都能来店里逛逛。"

"因为猎手已经抓到了吗？"

刘明愚没有回答，只是点了点头。他望着书架说道："从某种意义上说，也许书就是我和猎手之间的纽带。现在这条纽带断了，我理应感到轻松，可我却觉得空落落的……"

刘明愚没有说完这句话。赵世俊看着他，歪着头说道："我理解这种心情。我也没想到自己会以这种方式面对猎手，他也算被我亲手了结的吧。"

"这的确是个意外，希望没给你留下什么心理阴影。"

"我也希望。"

"会做噩梦吗？"

"我以为我会，但到现在还没做过有猎手出现的噩梦。"赵世俊双手抱胸，望着刘明愚，"不过，还有一件事……"

"但讲无妨。"

"金盛坤临死的时候，提到了一本书。"

"《失落的珍珠》？"

“对，我想看看这本书。”

刘明愚在柜台里笑了笑：“没问题，请看 —— ”

他按下柜台里的一个按钮，两个书柜向两旁移动，露出了隐藏其间的保险柜。一声轻响，保险柜门弹开。赵世俊满脸惊讶，万万没想到保险柜藏在这里。

“原来您把书藏在这个地方了。”

“为了书能得到更好的保存。”

赵世俊摇晃着脑袋，走到了保险柜前。保险柜放得很低，得弯腰才能看到里面 —— 并没有书，只有一堆燃烧后的灰烬。

见此情景，赵世俊不由自主地跪在了地上。

“这……这难道……”

“这就是你要找的《失落的珍珠》。昨天我把它烧了。”

“你疯了！你知道这是本什么书吗？”

“我当然知道。你把这本书看得比性命还重，猎手。”

暴怒的赵世俊狠狠盯着柜台里的刘明愚：“你把书烧了？你竟敢把书烧了！”

“对我来说，这本书不过是引诱你上钩的鱼饵罢了。”

“我以为你不知道是我。”

刘明愚冷哼一声：“我承认，你有点儿脑子。我做梦也想不到你会伪装成拍视频的出现在我面前，你的样子也变了很多，我认不出来，可惜你改不掉你的习惯。”

说着他把头歪向了一边，赵世俊这才意识到自己哪里疏忽了。

“没想到……没想到你竟然记得我的这个习惯。”

“你露出了不少马脚，而这一点是致命的。我早就知道你会来抢书，但我没想到你会装成要帮我的样子找上门来。”

赵世俊转过身，歪着脖子盯着端坐在柜台里的刘明愚。刘明愚又说：“你的想法不错。不过呢，这次的猎手是我。”

赵世俊双手抱在胸前，冷笑道：“我看电视的时候就知道这是你的陷阱了。”

“没错，我也觉得你一定看得出这是陷阱。所以我非常好奇，你会以怎样的面目出现。你说你是视频博主兼作家……”

“这就是我明面上的职业。”

“好，我承认，要打消别人的怀疑，这是个不错的办法。”

赵世俊用手指敲了敲自己的脑袋，说道：“我都研究过了，要想不被抓住，必须多动脑筋。”

“厉害厉害。”

“这些不是为了见你单独准备的。我想过要以什么形象出现在你面前，最后选了这个最不像的。”

“你接近我的时候，就告诉我你知道当年那件事，以此换取我的信任。想和我成为朋友？真是个好主意。”

“确实不赖。”

“确实。你把自己的罪行全都扣到金盛坤头上，也是神来之笔。”

赵世俊耸耸肩：“反正他也杀过人。他的行动轨迹和我有重叠，是个麻烦，不如趁机把他处理了。”

他的回答十分淡漠，刘明愚却兴味盎然地问道：“他家的那些书和证据也是你提前布置好的？”

“那当然了。他的行事风格和我不一样，我可不得弄一下。”

“心思细密啊。”

“只有心细，狩猎才能成功。傻子们以为只要拿刀架脖子，拿锤子抡人就行。金盛坤就是因为这个才会死在我手里。”

“原来不是意外，你是存心要杀他。”

“这是自然。他活着乱说话，终究是个隐患。从窗口摔下来的时候，我把刀对准了他的咽喉，剩下的事就交给地心引力了。”

赵世俊模仿着刘明愚脸上的表情，又道：“咱俩挺像的。”

“算了吧，你和我不一样。”

赵世俊手指轻敲，咂着嘴说：“非也非也。咱俩可像了，所以十五年来谁也忘不了谁，对吧？”

刘明愚沉吟片刻，点头道：“我承认，十五年来我从没忘记过你。但你不要一厢情愿地说你和我相像。我从来没有为了得到我要的东西去杀人。”

“你只是没有杀人的勇气罢了，不是吗？”

刘明愚没有回答。赵世俊上前一步，接着说：“你不是从来都没想把我交给警察吗？”

“没错，我从来都没想过让你进监狱轻轻松松吃牢饭。”

“很好。我也从来没想过进监狱。”赵世俊咧嘴笑了起来，掏出藏在裤兜里的刀，“我原本喜欢用锤子的，可惜没法随身带着。”

他一步步逼近，刘明愚拿起了遥控器。

“十五年来，我一直在想，见到你我该怎么收拾你。”

他按下按钮，书店里一堵堵高墙似的书架滑动起来，挡在赵世俊面前。

“你搞什么鬼！”

“这就是我收拾你的方式。”

刘明愚留下一个意味深长的微笑，按下了柜台下方的红色按钮。柜台底部的电梯缓缓降了下去。赵世俊推开面前的书架，来到柜台前。

“可恶！”

柜台里的地面处只剩下电梯下降后出现的空洞。赵世俊气急败坏地大吼：“你耍什么花招！”

空洞下面传来刘明愚的声音：“不要客气，这是我为你打造的游乐场，我可足足准备了十五年。”

“听你的意思，你是觉得你能从我手里逃走？你要是以为轮椅比我快，那可大错特错！”

赵世俊从裤兜里掏出一个烟盒形状的手机信号干扰器，晃给刘明愚看：“你在地下室也没法打电话！”

“我不是说了吗？我根本没想报警。相反，如果你想逃，我就会叫警察。”

赵世俊把刀叼在嘴里，探身向下查看了一番，纵身跳了下去。伴随着一声轻响，猎手落在了下层的地面上。他把刀紧握在手里，观察着四周。现在是深夜，这里是地下室，除了房顶的灯光之外，不见一丝光亮。周围是用砖砌成的墙，曲曲折折，宛如一座迷宫。他攥紧手中的刀，喃喃自语：“可真带劲儿……”

8

游乐场

狩猎时最需要的就是沉着冷静。猎物通常会拼命逃跑，一个微小的失误，就会导致错失猎物。如果猎物是人，那么他逃出生天后就会报警，所以更要小心。现在，最重要的就是掌握周边的情况。

“把地下室打造成游乐场……”

他用没拿刀的那只手敲击着地面和墙壁。地上铺的是水泥，红砖墙直通天花板，想翻墙或者把墙推倒是不可能的。他对自己说冷静、冷静，可他还是压抑不住内心的躁动，对空气大喊:“你以为这就能拦住我? ”

然而,无人应答。他知道刘明愚开书店是为了引自己上钩，可他做梦也没想到，刘明愚会把地下室改造成这样。只要悄无声息地把刘明愚处理掉，然后从这里出去就好了，他轻轻安抚着自己。

“该死！应该过一阵再让他给我看那本书的。”

最开始调查吴亨植的时候，刚和刘明愚有了几分交情，他就想让刘明愚给他看看那本书。只要一想到那本书就在书店里的某个地方，他的心情就不可避免地焦急起来。一念及此，他意识到这是刘明愚的另一个陷阱。

“他知道我一定会让他给我看那本书的，所以他把书烧了。”

刘明愚的心思远比想象中更缜密。他想着，向前走去。前方是一个直角的转弯，他刚踏出左脚，突然感到一阵钻心的剧痛。

“啊——”

他拔起脚，只见地面上密密匝匝插的全是尖钉。

“可恶！”

这钉子应该是水泥还没干的时候就插进去了。钉子刺透运动鞋，把他的脚扎了个对穿，钉子尖从脚面透了出来，血流得满脚都是。意料之外的剧痛让他靠在墙上，他强忍着，耳边响起刘明愚似乎透过扩音器传来的声音。

“慌了吧？想放弃就说话。我这就给你报警，至少能保你不死。”

“你这混蛋！老子非掐断你的脖子不可！”

咬牙咬得太狠，他的头跟着疼了起来。他赶紧从裤兜里掏出一条手帕，紧紧包扎住左脚伤口。

“你就想用这种方式折磨我？真是下三烂的手段。”

“你可没资格说这话。只会耍嘴皮子的猎手，专挑比自己弱小的被害人下手。你以为你是什么狮子、老虎？不过是跟在后头吃腐肉的鬣狗罢了。”

猎手听着，几乎要把牙齿咬碎了。就算是为了堵住刘明愚的嘴，他今天也必须要从这个迷宫里逃出去。他观察着地面，小心地往声音来处探去。没走几步，就看见地上又是一片尖钉。猎手嗤笑一声，从钉子阵的侧面绕了过去。这时他听到了几声异响，心中刚升起不祥的预感，就有什么东西划破黑暗直冲他飞了过来。他连忙低头去躲，但还是慢了一步，那东西重重地打在了他的颧骨上，直接把他打倒在地。

“啊——”

猎手瘫坐在地，忍受着突如其来的疼痛。他发现自己的大腿上缠着一根细线，一只木槌正好在和自己的脸同高的位置上，应该是本来藏在墙后面，被弹簧弹出来的。

“该死，绊到这根破线，牵动了锤子的机关。”

他揉着面颊，感觉肿得厉害。

“刚才是钉子，这回是锤子？”

刘明愚的确动了脑筋——地上插了尖钉，让他只顾着脚下，再用机关偷袭他的头部。同时，又有一个疑问涌上心头：“要是个铁锤，这一下就能要了我的命，他为什么不？”

这疑问立刻变成了愤怒。他明白，刘明愚是在存心戏耍他。猎手打起精神，站起身来。他拖着受伤的脚，紧贴着墙，如履薄冰地往前走。好不容易摸清了迷宫的路数，耳边突然响起了韵律感十足的爵士乐。

猎手一愣，停下了脚步，冷哼道："也对，你不是说要猎杀我吗？没想到你胆子这么肥。"

他把刀攥得更紧，一边观察着周围情况，一边向前走。脸颊高高肿起，影响了他一只眼睛的视野，但他不能停。这里太暗了，四面都是墙，他完全分辨不出方向。

"可恶，我明明是往前走的……"一切都出离了他的想象，有生以来他第一次感到恐惧，"草率了，不该就这么跳下来的……"

耳中是让人心烦意乱的爵士乐，猎手越发焦躁。他只想赶紧抓住刘明愚，让他闭嘴。

"剩下的事以后再说……"

他瞪大眼睛，一步步地移动着。前方又出现了细密的尖钉，还有许多肉眼难以察觉的细线。他绕过尖钉，划断细线，继续前行。也没忘记用刀在墙上刻下划痕，作为沿路的记号。

猎手缓过来一些，喊道："你觉得这破玩意儿能拦得住我？"

他立刻得到了回应："当然不会。这还不是全部。"

扩音器里刘明愚话音刚落，猎手脚下的地面就塌了下去。

“啊！”

猎手掉进了一个陷阱，只有膝盖那么高，但地上有一个捕兽夹。咔嚓一声，利齿深深咬进了他的脚腕。

“呃啊啊！——”

剧痛袭来，刚才被尖钉穿透脚背的疼痛和这比起来都不算什么了。他痛苦地号叫着，扩音器里传出刘明愚的声音：“很疼吧？你现在向我求饶，兴许还能活命。”

“你给我闭嘴！”

猎手做了个深呼吸，不管伤处的疼痛，用刀一点点撬开了扣在脚腕上的捕兽夹。两排利齿慢慢松开，比刚才强上两三倍的剧痛再次击中了他。他不想让人看见自己脆弱的一面，咬牙咽下了涌到唇边的呻吟。终于，他摆脱了捕兽夹，靠着墙瘫坐在地上。伤口在脚踝和小腿肚之间，鲜血狂流，想要止血都无从下手。

“天杀的！”不能坐以待毙，他倚着墙站了起来，“无论如何必须向前走，这样才能抓住他，一切才能了结。”

不管刘明愚如何布置迷宫，如何设置机关，这里终究不过一间地下室的大小。猎手索性背靠着墙，一步步往前挪，每迈出一步都要仔仔细细看清脚下、各个角落和头顶的情况。走了几步，他发现前方转角处有个凸起的东西。

“他算到我会挨着墙走，所以布置了这个机关。”

他尽量矮下身来，用刀尖在凸起物上轻轻一按，前方墙壁上立刻噼里啪啦地爆出一串电火花。

“这……这什么东西？”

他矮着身子靠近看了看，如果他毫无防备地走过去，大概会被电击。以刚才电火花的强度，足够让他心跳骤停了。

猎手刚松了一口气，刘明愚的声音就又响了起来：“一直都是你当猎手，这回当了猎物，感觉如何？”

“还不错。”

“我还为你准备了很多节目，敬请期待。”

刘明愚的笑声夹在刺耳的爵士乐里，听得猎手怒火中烧，他对着空气大吼：“让我见着你，先要撕烂你这张嘴！”

他强撑着直起身，头脑发昏，身体摇摇欲坠。他知道，这是失血过多造成的，留给他的时间不多了。他用手帕包扎了脚背的贯通伤，血流得还不算多，但被捕兽夹咬伤的脚腕血流不止，已经染红了裤脚。也许是因为失血，他的心脏跳动得更剧烈了。每当发现猎物，或者拿到一本旧书时，他都会有这种心悸的感觉。

猎手轻笑道：“也对，这感觉还不错。”

他佝偻着身体，决定只沿一个方向走。没走几步，前方又出现了细线，他不得不停下。这次他先按了按地面，确定脚下没有陷阱。然后趴在地上匍匐向前，用刀割断了细线。果然，前方唰地喷出一道火舌。

“差点就被烧到了。”

看来这个方法可行，猎手几不可察地笑了笑，继续谨慎地前进。不一会儿，他来到了一个转角处，看起来应该就是地下室的墙角。借着微弱的灯光，他在墙壁上摸索着，没找到任何可能的出口。猎手决定还是贴着墙走，结果再度回到了迷宫中，又接连遇到好几个机关陷阱，不过他现在已经能轻松地闪避开了。脚腕也不那么疼了，他渐渐又有了希望。

“这么个小儿科的玩意儿还真把我唬住了……”

他刚得意片刻，脚下就传来了咔嗒咔嗒的响声。意识到自己踩上了触发陷阱的机关，猎手立刻将身子蜷成一团。与此同时，有什么东西从黑暗中的天花板上急坠而下，扑向了他。

“啊啊啊！”

猎手大惊失色，连忙双臂抱头。天花板上落下来的是一张带刺的铁丝网。他在网中扭动挣扎着。

“这是什么鬼东西！”

他越挣扎，手臂和脑袋就被划出越多的伤口。铁丝网的四角还坠着秤砣，无法轻易挣脱。

“该死的！”

猎手明白过来，停止了挣动。他小心翼翼地抬起胳膊，一点点从罩在身上的铁丝网里钻了出来，后背和肩膀又添了无数道划伤。他倚在墙上，强忍着疼痛，身上的各处伤口流着血，血滴像雨点似的啪嗒啪嗒掉在地上。只要稍有大意，马上就会落入陷阱，肉体遭受的痛苦和心理遭受的打击沉重得无法言喻。

猎手烦躁至极，他用手背擦了擦流血的额头，喃喃道:“我该怎么弄死那个家伙……”

他在想象中折磨着刘明愚，试图以此忘却此刻肉身的痛苦。然而，鲜血流进了他的双眼，他已经看不清前路。结果向前几步，一只比刚才更大的木槌就砸了过来，这次他没能躲开。

“啊呀！”

这一槌打在他的小腹上,简直要把肚肠都打烂了。太疼了，他无法集中精神，脚下一个趔趄。他下意识地伸手去扶墙，却摸在弹出来的刀刃上。他连忙把手收回来，但手掌已经被割破了。看着斜在掌心的那道伤口涌出鲜血，猎手咬牙切齿:“你准备得可真周到啊！”

没想到光凭迷宫和陷阱，刘明愚就能把他搞得伤痕累累。猎手忍着全身上下的伤痛，继续一步步地往前挪。抓到刘明愚之后要怎么折磨他，逃出去之后要如何藏身……这些全都被抛到了脑后。他脑海中只剩下一个念头：逃出去，还有，杀死刘明愚。他弓着腰，一只手扶墙，一步步地走着。刘明愚坐在轮椅上的身影突然出现在眼前。这一切太不真实了，猎手歪着头，说道："终于见面了。"

"怎么样，满意我这个游乐场吗？"

"你准备得还真周到啊。"

猎手缓缓直起身子，四下环顾。他和刘明愚之间，隔着一条笔直的过道。一定有什么陷阱——他仔细地观察着，却没发现任何可疑的迹象。

刘明愚好整以暇地回答他："这儿可花了我不少的钱和时间。一开始，我只想着怎么才能找到你。后来我就开始想，见到你之后该怎么处理你。我可不想便宜你，让你就这么死了。哪怕只是我所经历痛苦的百分之一，我也要让你尝尝这个滋味。"

"你以为这就能让我跪地求饶吗？"

"可笑，看看你现在，不就是一头被追赶到穷途末路的畜生吗。这痛苦的滋味怎么样？"

"还能忍忍，这点小伤对我不算什么。"

"那就太好了。"

"你什么意思？"

"我还以为你要说撑不住了，让我停手呢。你要是开口，我就不再让你受苦。”

猎手一边和刘明愚说话，一边偷眼去看两人之间的过道。一切看起来毫无异常。刘明愚身后好像有一扇门，估计可以从那扇门离开这里。猎手继续和刘明愚对答，伺机寻找逃走的可能。

“我这辈子就是在痛苦里过来的，现在这个程度，根本沾不上‘痛苦’两个字的边儿。”

“难道不是你一直带给别人痛苦吗？”

“我当然有权享受这点儿快乐，毕竟，我应得的东西都被抢走了。”

“哎哟，你还真是彻头彻尾对人对己两套标准啊。”

“你说什么？”

“人生在世，都会受到无数的伤害。但是没人像你一样嗜杀成性。因为……”

猎手上前一步：“因为什么？”

“因为我们可以理解他人的痛苦，和你不一样。”

猎手心中暗喜，刘明愚可能说得太专心了，没发觉他正在一点点地靠近他。

“那是因为他们太软弱无力了。自己的东西被人抢了也一声不吭，跟傻子一样。为什么要任人欺负？”

“人生不只有抢和被抢……”

刘明愚语带哽咽，猎手盯着他，把刀反手握在掌心。

他背着手，倚着墙又往前挪动了几步，对刘明愚说：“你很想知道你老婆和女儿是怎么死的吧？”

刘明愚闻言身子一颤，猎手笑了，露出染血的牙齿。

“你老婆一直在怨你，她不是说了让你赶紧走嘛。你女儿看着老妈死了也什么都做不了，甚至不知道逃跑，在后座上哭得像头蠢猪。”

他看见刘明愚咬紧了牙关，忍耐着痛苦。很好，这就是他想要的。猎手哧哧笑了：“你知道吗？你老婆到死都在骂你。”

“胡说八道，我妻子不是那种人！”

“唉，可惜啊，可惜。”

两人之间的距离已经足够近了。猎手目测了一下，可以把刀当飞镖扔过去，击伤刘明愚后再拿住他。他假装打了个手势，手里反握着的刀突然就飞了出去，紧接着他用尽剩下的力气朝刘明愚狂奔过去。然而，刀在空中撞上了一堵看不见的墙，直接被弹了回来。他也晕头转向地撞在了那堵墙上，跌坐在地。

“呃——”

他撞得鼻血直流，一伸手，摸到了面前的玻璃。

刘明愚看着他的狼狈模样，啧啧道：“很疼吧？这是水族馆用的玻璃，通透性强，还特别结实。”

猎手依旧觉得刘明愚是在虚张声势。他脱力地笑了笑，手拍在玻璃上。他的手早已被鲜血浸透，玻璃上留下了血手印。刘明愚说得没错，这玻璃太厚了，想都不用想，用拳头用刀都没办法打碎它。这时，他身后又降下了一道玻璃幕墙，把他前后封得死死的。加上两边的墙，事实上他已经完全被困在了一个四方形的小空间里。他这才明白刘明愚为什么会现身，为什么见到他一步步接近还纹丝不动。

“你把自己当成诱饵引我上钩……”

“不这么做，怎么能抓得到你呢？”

“这就是你梦寐以求的时刻吧？”

听着猎手的挖苦，刘明愚只是耸了耸肩，抬头看了一眼。

“还没到。”

猎手不由自主地顺着刘明愚的目光向上看去——

“这是什么？”

只见一个酒店里常见的大花洒悬在头顶，一滴“水”滴下来，刚沾到他的肩膀，就听见“嘶”的一声轻响，鼻中闻到一股皮肉被烧焦的气味。猎手完全没料到一滴水能带来这样的疼痛，他有些发慌，抬头望天：“这不是水！”

“是盐酸，能溶化你的皮肉和骨头。”

“你说什么？”

“哦，对了，浓度不是很高，不会腐蚀玻璃和地面，也就只能溶掉你的骨肉吧。”

猎手彻底慌了。他想躲开花洒里落下的盐酸，但一切都是徒劳，毕竟他就被困在这方寸之间。盐酸越滴越多，腐蚀了他的衣服，侵蚀着他的肉体。猎手感到了平生从未有过的痛苦，他茫然无措，难以置信地仰头看着花洒，耳边响起刘明愚的声音：“你现在理解被你杀害的人的心情了吗？死之前，你给我好好地记住！”

“可恶……我不想这么死！你去报警吧，我全都招！”猎手趴在玻璃上哀求着，刘明愚面无表情地看着他，他还在拼命挣扎，“我说我不想这么死！”

“你不会死。”

“什么意思？”

“你只会被遗忘。看见下面的排水口了吗？”

猎手低头看了看脚下，发现了一个圆形的排水口。

“啊……刚才还没有……”

“当然，我设计的是玻璃幕墙落下来之后，这个口才会打开。你会从这里被排出去。”

“胡……胡说八道！”

“为了确保万无一失，我准备了两吨盐酸。浓度不高，估计要多花些时间。不过，到明天早上，你的骨头就该被溶干净了。”

听到这样骇人听闻的话，猎手吓得连疼痛都忘记了，全身抖如筛糠。刘明愚摇着轮椅来到他面前，抚上了玻璃幕墙。

“还剩一件事，我为你准备了一份礼物。”

他从轮椅下拿出了一件东西，猎手看清了那是什么，下意识地自语道：“《失落的珍珠》！”

“刚才保险柜里的，是其他书的灰烬。毕竟你也有可能不是猎手。可惜，你一看到那堆灰就立刻有了反应。”刘明愚轻轻晃了晃手里的书，“你是想拿走这本书才来找我的，嗯？”

猎手伸出血肉模糊的手。隔着一层厚重的玻璃，他触碰不到那本书，但能这么近距离地看着它，也是幸福的。

“那是我的书，我的……”

刘明愚听到了猎手的喃喃，他向后一摇轮椅，一把将那本书扔在了地上。接着他掏出了打火机，猎手狂吼起来：“你要干什么！”

“这是最后的礼物，你带上它一起下地狱吧。”

刘明愚的声音不带一丝感情。他把打火机扔向了地上的《失落的珍珠》。书页事先已经浸了油，一沾火瞬间就燃烧了起来。

“不！快把火扑了！我让你快把火扑了！”

猎手眼睁睁地看着书被烧成了灰烬，呜咽着哭了起来。刘明愚俯视着他，用冷静的语气说道：“去最深的地狱吧！永世不得回到人间！”

哭泣的猎手转过身，躺在了地上，望着头顶的花洒。很快，盐酸越落越密，如雨般喷洒下来。猎手等待着自己的身体被腐蚀溶解，从排水口里流走，口中吟诵起《失落的珍珠》中那首金素月的《金色草地》。

草地，草地，金色的草地
深深山川，烈火燃烧
是我爱墓前，金黄的萋草
春来时，春光未迟
在纤纤柳丝，在曳曳柳梢
春光来时，春日未迟
在山川深深，在草地金黄

9

结束与开始

伴随着铃铛的轻响，门开了。刘明愚正在给一对情侣介绍书，见了来人忙道：“我去招呼一下客人，两位慢慢看。”

进来的是两位男顾客，带着一式的墨镜。刘明愚认识姜敏圭，便问他：“这位……是搭档？”

姜敏圭使了个眼色，和他同来的男子向刘明愚伸出手：“很高兴见到您，我是统一侦探事务所的吴载民。”

“他可帮了我大忙了。”姜敏圭道。

“原来如此，辛苦你了。”

“我很喜欢这份工作。”

听吴载民这么说，刘明愚没有回答，只是点了点头。

姜敏圭偷偷瞟了一眼刚才和刘明愚聊天的那对情侣，低声道：“警察那边没什么动静。”

“都帮我办妥了？”

“我们去了他家，故意留下了一些痕迹，布置成他已经畏罪潜逃的样子。在警方看来，他是跑了。对了，这笔费用您看要怎么处理？您账上可是支出了一大笔钱啊。”

“我打算说是电信诈骗。”

“这么说行吗？”

“我就说我一直当教授，除了教学生、上节目以外，对于俗务一概不知，随我怎么说都行。我可以说诈骗电话是从外国打来的，那笔款项我也伪装成了打到那边去的，别人不会发现。”

刘明愚苦笑，垂首看着地板。那个自称猎手的杀人狂已经在地下室里被盐酸溶解殆尽，从排水口流向了大海。

“找不到尸体，就不存在杀人案。猎手以他自己的方式从世界上消失了。”

姜敏圭道：“他这是自作孽不可活。”

刘明愚点点头：“他自己就是猎手，还如此狂妄地说要替我找到猎手，难以理解。”

“他可能是想通过这个拉进和您的距离，打消您的疑虑，取得您的信任。”

“他是想拿回那本他自以为属于他的书。”

“也许他是双重人格？既有猎手的人格，也有赵世俊的人格。”

“所以他才那么认真地去寻找猎手？”

听刘明愚这么问，姜敏圭看了一眼身边的搭档，答道：“犯罪者的心理很难用一句话来概括，中间存在很大的模糊地带。我们俩一起解决过一个案件，有位做证最为积极热情的女性，其实就是凶手。我当宪兵时经历过一个令人震惊的案子，也是……”

可能是感情一下子涌了上来，姜敏圭没能说完这句话，顿了顿才继续说：“受害者之一、最核心的证人，其实就是幕后黑手。总而言之，当他要找出真凶，把自己置于危险中时，就已经可以确定他就是猎手了。”

“我以为他绝不会暴露身份，但我似乎想错了。”

“我想，他大概是想来个李代桃僵、金蝉脱壳。”

“你是说……他是想把自己这‘猎手’的帽子扣到别人头上？”

姜敏圭点点头：“或许他是想开启第二人生，重新来过。又或许是想完美地骗过您，等您放下戒心，他再发起攻击。一开始，他想让吴亨植成为猎手，后来得知那人是个邪教信徒，这才把目标改成了金盛坤。”

听了他的解释，刘明愚又问：“赵世俊……不对，猎手后来又杀人了吗？”

“他的‘基地’里隐藏着一个秘密房间，里面有一把固定在地上的椅子，上面还连着铁链。我们虽然没能找到尸体，但用鲁米诺试剂检测后，在那里发现了大量的血液痕迹。”

在旁边听着的吴载民插话道：“到处都是鲁米诺反应下血迹发出的荧光，简直比天上的星星还多还亮。虽然不知道他具体杀了多少人，但十五年来他一直在杀人，是板上钉钉的事实。”

“所以赵世俊才想把别人变成猎手……”刘明愚沉吟道。

吴载民继续补充：“他自以为这个计划天衣无缝。金盛坤也是个连环杀人狂，让大家误认为金盛坤就是猎手，他自己就可以金蝉脱壳溜之大吉了。”

姜敏圭点头同意搭档的看法：“不过，他太过想当然了。在任何情况下，杀人都不是一件容易蒙混过关的事。”

“因为他觉得自己是完美的，所以他才会毫不迟疑地进入我的游乐场。总而言之，一切都如二位所料。”

刘明愚的称赞让两人都轻轻笑了起来。姜敏圭问道：“您今天叫我们来有什么事吗？”

“是关于吴亨植和金黎明的事。吴亨植本来要接受警方调查，但那次打架的受害者赵世俊现在是失踪状态。”

“这事也就不了了之了。”

“还有一件事，虽然是猎手查出来的，但依旧是个问题。得想办法把吴亨植和他儿子分开。”

姜敏圭道：“我打算私下向警方透露吴家有家庭暴力

问题。现在家暴问题很敏感，警方应该会很快采取行动。金黎明又怎么了？”

“赵世俊拍到了他那间半地下室的照片，发现他一直在跟踪偷窥我。这倒无所谓，不过镜头还拍到了金黎明的电脑屏幕。”

刘明愚把手机递过去，让他们看手机上的照片。姜敏圭歪着头看清了照片，忍不住骂了一句：“疯子——”

“不管怎么说，他大概经常上‘暗网’，应该对他采取一些必要的措施。”

“这人似乎偏好年纪小的女孩。有个叫‘魔女正义社’的黑客组织，专门处理这类问题。只要他的硬盘上留有证据，就能让他把牢底坐穿。”

“猎手似乎也是因为这个，曾经想把他定为替罪羊。其实，金黎明一度也是我最怀疑的人。不过，后来猎手见到了和他最为相似的金盛坤，于是改变了计划。”

姜敏圭听得皱起了眉头：“世界这么大，疯子可真多。”

“这两个人的事，就拜托二位帮忙低调处理吧。今天请二位过来，其实是为了那对情侣。”

姜、吴两人都没去看那对正在看书的情侣，反而看向了刘明愚。

“这对情侣来过一次了，看起来男方正在对女方施加

‘约会暴力’。”

“刚才看那两人还挺好的啊？”

“女方的眼妆是不是太浓了？近看有瘀青。不仅如此，每次男的说话，她身子都吓得一抖，满脸都是恐惧。”

“所以您叫我们过来？”

刘明愚正微微侧头看着书架边看书的那对男女，被姜敏圭这么一问，他点了点头：“是的。无论如何，这事我得管，所以还要烦劳你们二位一趟了。”

“先观察几天，找到证据后，我们就会采取行动。”

“我这就把调查费转过去。”

“您这样不会太破费了吗？现在大家都说开书店赚不到钱。”

“我开书店也不是为了挣钱。这里是为了记忆而存在的。”

刘明愚用手指头敲了敲脑袋，他看着那对情侣，又说：“为了记住那些被伤害的、痛苦的人。”

“明白。对我们来说，当然是活儿越多越好。”

吴载民没有接姜敏圭的话，代之以一个沉重的微笑。刘明愚被勾起了好奇心：“你这位搭档也当过宪兵吗？”

姜敏圭悄悄看了一眼吴载民，后者耸耸肩，回答道：“我是行伍出身，曾经隶属于‘护卫总局’，也叫‘护卫司令部’的反侦察科。”

这个出乎意料的答案听得刘明愚一愣。见他一副摸不着头脑的样子，姜敏圭和吴载民都笑了。那对情侣听见笑声，转过头来看向他们三个人。

（全文完）

后记

某天，一时兴起，想数一数我到底写过多少篇作品。算上收录在多人短篇合集里的，一共大约有一百三十多篇。我不仅出过实体书，还写过网文，参与过网络漫画创作，现在还在写电影和电视剧的剧本。尽管写过的文章多到自己也记不清楚，但我还是觉得自己是个推理小说家。对我而言，推理小说是我文学的故乡。我是读着推理小说长大的。一个偶然的机会，我开始写作，当时我毫不犹豫地就下了决心 —— 我要写推理小说。事实上，我的第一本小说是一部纪实作品，一本历史推理小说。

《记忆书店》是为了找寻自我而创作的作品，我为此准备了很长时间。人们往往认为书籍和杀人之间存在很大一段距离。当我听说外国有个连环杀手爱好收集古旧书的时候，我立刻就想，为什么不试着把这两者联系在一起呢？而卢明愚[28]教授的“尼恩书店”给了我将故事具象化的灵感。当然，尼恩书店的地下室并不是小说中描述的那样，您大可以放心地去逛逛。

“杀人”这件事（给被害人的亲人朋友）带来的最大的痛苦，是毫无准备的离别。没能好好保护他 / 她，这种负罪感会成为记忆沉重的负累。记忆书店的店主刘明愚就是想用他自己的方式卸去沉重的记忆。我们身边也有因为各种理由而受到伤害、遭受苦难的人，我希望这本《记忆书店》能分担一些他们的痛苦。

—— 郑明燮

[28] 卢明愚（1966－ ），社会学学者，韩国亚洲大学教授，同时是一位活跃的写作者、自媒体创作者，2018 年起在首尔市恩平区经营独立书店“尼恩书店”。

图书在版编目（CIP）数据

记忆书店 / (韩) 郑明燮著 ; 宋筱茜译 . — 北京 : 北京联合出版公司 , 2022.11

ISBN 978-7-5596-6457-0

Ⅰ . ①记… Ⅱ . ①郑… ②宋… Ⅲ . ①推理小说—韩国—现代 Ⅳ . ① I312.645

中国版本图书馆 CIP 数据核字 (2022) 第 181680 号

记忆书店

作　　者：[韩] 郑明燮
译　　者：宋筱茜
出 品 人：赵红仕
策划监制：王晨曦
责任编辑：徐　鹏
特约编辑：陈艺端
美术编辑：陈雪莲
营销支持：蔡丽娟

北京联合出版公司出版
（北京市西城区德外大 83 号楼 9 层　100088）
北京联合天畅文化传播公司发行
上海盛通时代印刷有限公司印刷　新华书店经销
字数 133 千字　889 毫米 ×1194 毫米　1/32　7.875 印张
2022 年 11 月第 1 版　2022 年 11 月第 1 次印刷
ISBN 978-7-5596-6457-0
定价：59.00 元